U0948492

LA LITTÉRATURE EST UNE AVENTURE POÉTIQUE

文学，是诗意的历险

许钧与勒克莱齐奥对话录

许钧 勒克莱齐奥 等 / 著

许钧 / 编

许钧 张璐 施雪莹

范舒扬 杨珮艺 译

译林出版社

A Paris, le 18 septembre 2018

Attestation

Je, soussigné J-M Gustave Le Clézio, atteste que je donne l'accord à la Maison d'Edition Yilin, Nanjing, Chine, de publier *Le recueil de textes en chinois des entretiens de M.Xu Jun avec Jean-Marie Gustave Le Clézio* (rédigé par M.XU Jun).

Jean-Marie Gustave Le Clézio (signature)

授权书

本人为让-玛利 · 古斯塔夫 · 勒克莱齐奥，授权位于中国南京的译林出版社出版由许钧先生主编的《许钧与勒克莱齐奥对话录》。

让-玛利 · 古斯塔夫 · 勒克莱齐奥

2018年9月18日于巴黎

许钧与勒克莱齐奥在南京大学

目录

我所认识和发现的勒克莱齐奥
——代引言

许钧

“在夏日的灼热里，在这碧蓝的天空下，她感到有那样一种幸福，那样一种盈溢了全身，简直——叫人有点害怕的幸福。她尤其喜欢村庄上方那一片绿草萋萋的山坡，斜斜地伸往天际。”

这段文字出自勒克莱齐奥的小说《流浪的星星》，是袁筱一译的。拿莫言的话说，袁筱一的翻译很出色，很传神，能让我们感觉到原作生命的律动。确实，勒克莱齐奥的文字原本就是波澜不惊，却又隐隐地显出空灵、恬淡与诗意。在中国读者与勒克莱齐奥特殊的缘分之中，当我们与这样的文字相遇时，我们心底最柔和的地方会漾起一丝涟漪。

初次接触勒克莱齐奥的作品，是在1977年。那时我还在法国留学，读到他的成名作《诉讼笔录》，荒诞的气氛、深远的哲理寓意和新奇的写作手法，尤其是书中那个看似疯狂却异常清醒的亚当，给我留下了抹不去的印象。1980年，勒克莱齐奥的《沙漠》问世，获得了法兰西学院设立的首届保尔·莫朗奖。南京大学中文系的钱林森先生得到此书，与我分享。就写作方法而言，《沙漠》与《诉讼笔录》有明显差异，小说主人公拉拉与亚当也呈现了不一样的面目。我细细阅读《沙漠》，写了一万余字的故事梗概，试译了近两万字，郑重推荐给了湖南人民出版社。1983年6月，这部作品的中译本问世，书名为《沙漠的女儿》。这部小说故事乍看上去不是特别吸引人，但仔细品味后，让人觉得其中别有深意。书中勒克莱齐奥把非洲大沙漠的荒凉、贫瘠与西方都市的黑暗、罪恶进行对比和联系，把那里的人民反抗殖民主义的斗争与主人公拉拉反抗西方社会的种种黑暗的斗争交织在一起，不仅在布局谋篇上显出匠心，而且非常有思想深度。在1980年代初，我们选定这样一部作品来翻译，一方面诚然和小说对当代资本主义批判的意识形态有关，但更多的是因为深深地折服于小说的文学魅力。在翻译过程中，我们遇到了一些问题，通过法国伽里玛出版社与勒克莱齐奥取得了联系。他不仅细致地回答了我们提出的问题，还为我们的中译本写了序，为他的作品在中国的出版与传播表示感谢，并在序中就小说主题作了精要的解说。

再度与勒克莱齐奥结缘，是在1992年。这一年，我译的《诉讼笔录》由安徽文艺出版社出版。这部小说作为勒克莱齐奥初期作品的代表，在形式上与1960年代法国兴盛的新小说派有类似的追求和革新，但不同的是，他没有在对形式的过分追求中忽视思想的表达。书中主人公亚当·波洛离家出走，“寻找与大自然的某种交流”。在世人眼中，他只是一个终日无所事事，在海滩上、在大城市中流浪的人，最后因在大街上发表“怪诞”的演说被警方视为“精神病人”而送入精神病院，与世隔离。《诉讼笔录》从亚当原始化、非人化、物化的奇特感觉方式出发，准确地表达了亚当对现代文明强烈的逆反心理，从而也体现了作者对这种文明的深刻反省。可以说，勒克莱齐奥的创作从一开始，就表现出一种强烈的人文主义关怀倾向和对现代社会过度物质化的激烈批评。

《诉讼笔录》中文版出版一年后，我与这位神交已久的法国作家终于有了第一次见面的机缘。1993年，法国驻华大使陪同勒克莱齐奥夫妇来南京与我会面，我们有机会在一起谈他的作品，谈翻译。他对我非常支持，不仅认真解答我提出的问题，还予以我极大的信任。后来,他每有新的作品问世,都会第一时间寄给我,如我指导的研究生袁筱一、访问学者李焰明翻译的《流浪的星星》《战争》都是他寄给我的。在我们那次谈话中,他曾经说过这样一句话,让我颇为感动:“你翻译我的作品,就等于参与我的创作,我给你一定的自由。”作为一个研究文学翻译理论出身的学者,听到自己欣赏并译介的作家对于自己的翻译活动如此尊重和信任,我内心的那种欣慰和感动难以言喻。从某种意义上说,我是幸运的,因为我有了一个近乎神圣的使命——让勒克莱齐奥在中国“再生”。

从1983年勒克莱齐奥的作品中文版首次为国人阅读开始,到2008年他获得诺贝尔文学奖,这之间有二十几年的时间。他的作品始终以其严肃的文学追求和坚守的人文立场在中国文坛上受到好评。2008年1月,他获得了由人民文学出版社举办的21世纪年度最佳外国小说奖,获奖作品是他的《乌拉尼亚》。在致中国读者的信中，他说：“我写《乌拉尼亚》是为了纪念战争岁月……正是在那时，为了克服焦虑，我们创造出一个国度……决定给那个国家取个天上的缪斯的名字：乌拉尼亚……我们因此排解了不少忧愁。几年后，在墨西哥的米却肯州生活时，我发现一个印第安人自治村庄……采用的是托马斯·莫尔的乌托邦模式。那是一次建立理想社会的尝试，致力于消除等级与贫富差别，使每个人都能在其中找到自己的位置，展现各自的手艺和学识。当然，那个乌托邦最终落空了。但是，米却肯州的印第安人依然怀念它，他们在日常生活中对抗着在美国影响下的现代社会无节制扩张的资本主义势力。正是这种经历使我萌生了写一本现代版《乌托邦》的想法……我并不想借此批评当下的墨西哥，也没有给我的小说赋予什么社会意义。我仅仅希望通过这本书，使那曾经给哥哥和我以勇气，帮助我们度过艰难的战争岁月的幻梦获得重生。”我之所以长篇引用勒克莱齐奥的这段话，还是缘于一种感动，感动于作家内心不灭的理想之光。是的，勒克莱齐奥是一个批判者和反思者，他把批判转化为对孩童心灵一般脆弱的灵魂的关注，让这些最易受伤的灵魂用最细腻的感触来言说对这个世界的不满和对公正的向往，这貌似无力的背后，深藏的是怜悯的无限力量。

瑞典学院在颁奖词中用“新的断裂、诗意的冒险和感官的狂喜”来形容勒克莱齐奥的文学历险及其作品的诗学特征。对此，我有一点不同的看法。从精神追求上看，我认为勒克莱齐奥实际上继承了拉伯雷以来法兰西作家所体现出的人文主义传统。2002年1月，我有机会向瑞典学院推荐诺贝尔文学奖候选人，我就推荐了勒克莱齐奥，其中一条推荐理由就是，勒克莱齐奥继承了法兰西的人文主义传统，关注弱小生命，关注他们的灵魂与命运。除此之外，还在于他对现代文明有着清醒的认识和强烈的批判，对文学有着独特的追求，远离商业，在纯文学创作中体现了对美的向往和真的揭示。如今，我还想加上一条，那就是他以清醒的意识，关注他者，关注失落的文明，关注人的存在。这几点，或许称不上伟大，但却清楚地表明他是一个清醒的作家，一个严肃的作家，一个有担当的作家，一个对人类命运有着独特理解的作家，一个在冷静中不断思考与探索的作家。

记得在2008年1月28日，在南京的我与在北京的勒克莱齐奥通话，祝贺他获得21世纪年度最佳外国小说奖。在通话中，我还谈到他迟早会获得诺贝尔文学奖，他很平静地回答："什么都是有可能的，但最重要的是要写作，要写好。"他还说："我努力地在写作，至于获不获奖，不是我所关心的。"这就是勒克莱齐奥的想法。对他而言，存在的意义就是写作：我写作，故我在。

2008年10月，勒克莱齐奥获得了诺贝尔文学奖。他给我来信，与我分享他的收获。他告诉我，为了躲避媒体的采访，他到了英国一个偏僻的小地方，静静地读书与写作。在这一年的11月初，我去巴黎高等师范学校访问，希望在巴黎与他见面。11月26日，他从毛里求斯回到巴黎，28日下午我们在巴黎大学街勒诺克斯旅馆的酒吧见了面。这一天，我们谈了许多，谈他的创作，谈他作品在中国的译介，也谈他对写作的看法。这次谈话，我录了音，根据录音，我整理成了法文文本和中文文本，前者发表于国际勒克莱齐奥研究会会刊《勒克莱齐奥研究》2014年总第7卷上，后者蒙聂珍钊先生推荐，发表在《外国文学研究》2009年第2期上。

2011年5月，上海书展组委会通过出版界的朋友找到我，想邀请勒克莱齐奥先生出席2011上海书展暨书香中国上海周开幕式并致辞。作为中国多年的老朋友，他欣然接受，于8月中旬来到上海，参加了8月17日的开幕仪式，讲了话，后又发表了题为“都市中的作家”的公开演讲，出席了他的作品朗诵会。朗诵会特别生动，勒克莱齐奥、作家毕飞宇、翻译家袁筱一，还有我，我们一起畅谈文学与写作。三天后，他来到南京大学，接受了南京大学授予他的名誉教授称号，并作了公开演讲，题为“书与我们的世界”。那天，南京大学知行楼报告厅内外都挤满了老师、学生，还有从北京、上海、武汉等地赶来的学者。他的演讲很动情，听众的反应很热烈，演讲后的交流更给他留下了深刻的印象。

一年之后，是南京大学建校110周年，勒克莱齐奥怀着对南京大学的美好祝愿，应邀再次访问南京大学，参加南京大学110周年的校庆活动，在南京大学仙林校区栽下了一棵红枫树。树在生长，勒克莱齐奥与南京大学的友谊也在不断加深。2012年，勒克莱齐奥接受了南京大学的深情之邀，加盟南京大学，成了南京大学的教授，成了南京大学法语语言文学专业的博士研究生指导教师，招收了他这一辈子的第一个博士生，一个他特别欣赏的学生。从2013年开始，他每年秋季为南京大学本科生开设一门通识教育课，四年中讲了四门不同的课程："艺术与文化的非线性阐释""文学与电影：艺术之互动""守常与流变——世界诗歌欣赏与阐释""叙事的艺术：小说的诞生与演变"。勒克莱齐奥在南京大学教学期间，我有机会为他组织了一系列活动，其中包括与中国作家的交流。比如，他与莫言进行了三次对话：一次是在丝绸之路的起点西安，他和莫言谈文化的交流与精神的相遇；一次是在孔子的家乡，在山东大学，他和莫言谈文学与人生，那次他还在莫言陪同下，去了莫言的家乡高密，见到了莫言九十多岁的老父亲；一次是在浙江大学，他和莫言参加了浙江大学建校120周年的纪念活动，一起谈文学，谈教育。勒克莱齐奥与余华、毕飞宇、方方、杜青钢也有过对话，我都在场，也都有参与。这些年来，我和勒克莱齐奥有很多交流，建立了深厚的友谊。去年冬天，他和夫人，还有好友毕飞宇，一起到了我家乡，看望我年迈的父母，看我出生的地方。

如果从1977年开始算起,我跟勒克莱齐奥已有40年的交情了。在我跟他的交往中,总有一些新的发现。

我首先发现,勒克莱齐奥是一个很爱读书的人。无论从他在中国的公开演讲,还是从他的小说里,都能看到,他对儿时读的那些书至今仍记得清清楚楚。那些书有着启蒙的特质,应该说是他精神成长的起点,也成了他后来写作的根基。六十多年过去了,读过的书仍然留存在他的记忆中,并不断地生成为一种力量。他在很多作品中都提到小时候的阅读,比如在《寻金者》中就有他对小时候阅读的诗意叙述。我在跟他的交往中,发现他是一个非常爱读书的人,在他随身带的包里,基本上就两样东西:一样是书,另一样是他在写的东西,就是他的手稿。他每一次写小说,首页都要用英语和法语两种语言写上:My soul(我的灵魂),Ma vie(我的命)。他把他的写作看成他的灵魂他的命,所以他无论到什么地方都要把手稿和书带着，因为他这辈子已经丢过两次“命”——两部手稿：一次是他的博士论文丢了，再也没有找回来；还有一次是在美国讲学，一部小说的手稿丢了，最后又回去找，幸运地找回来了。陪他一起外出，在学校，在旅店，在火车上，我发现，一有空他就读书，静静地读。他读书很广泛，古今法外，各个历史阶段，各个民族的书他都会去读。我记得有人说过，鲁迅以前在日本期间，读了两千多本书，我觉得勒克莱齐奥读的书远远超过这个数字。勒克莱齐奥对中国的书特别感兴趣。他很早就读过老舍的很多书，大家也都知道他为老舍《四世同堂》的法文版写过序，称老舍为“师者”。在他居住的南京大学的寓所里，在一起外出的途中，我就看他读过《论语》《道德经》的英译本，读过介绍孟子、墨子的书。他还曾从法国给我带来中国当代作家作品的法文译本，像莫言、毕飞宇、余华的书。毕飞宇的书，他读过至少有五六本。莫言的书读过的更多，记得在西安与莫言交流，勒克莱齐奥还带上了莫言厚厚的法文版《丰乳肥臀》，请莫言签名，莫言也谦恭地写上："尊敬的勒克莱齐奥前辈：请指教。"中国的古典作家，他也很喜欢，几部最著名的古典小说他都读过。中国的诗词他也一本本地读，还在南京大学的课上与学生一起探讨。我觉得勒克莱齐奥爱读书，这成了他生命的一种常态，与他的写作更是有着深刻的关系。

我的第二个发现是，勒克莱齐奥是一个特别爱倾听的人。倾听是一个人宝贵的品质，对人的存在也特别重要。但是，人类的交往中，人们往往爱说话，爱抢着说话。在当今世界的国际关系中，争夺话语权更是必不可少。但是，一个人，善于倾听是非常重要的。在一个孩子面前，母亲永远是最好的倾听者。所以一个人本质上是否爱倾听，决定了这个人对生活、对他人的态度。勒克莱齐奥是最善于倾听的，他小时候就爱听故事，听他母亲和祖母讲故事，而这些故事成就了他后来很多的写作，很多作品都是在这些故事的基础上孕育而成的，是小时候留下的这种记忆起着生成性作用。像我在上文中提到的《寻金者》，这部小说的第一句就是：“在我的记忆最遥远的地方，我听见了大海的声音。”在这部作品中，勒克莱齐奥讲到了母亲给他讲故事，姐姐与他交流。在他的作品中，我还发现，他特别愿意听各个民族、各种文明的不同传说，他的小说当中有很多这样的传说，都是他听来的，读到的。在中国，我发现他爱听各种故事与传说，像孟姜女哭长城的故事，青蛇白蛇传，还有龙井茶的来历，各种各样的故事他都愿意听，听得很用心。更难能可贵的是，他特别愿意听小人物的诉说。他的小说会关注流浪汉，关注在城市被追捕的受伤的狗。他不仅仅是关注，是关心，而且还设身处地地去倾听他们内心的声音，他甚至可以倾听树的声音、大海的声音，与之回应，与之交流。

我的第三个发现是，勒克莱齐奥是一个不愿重复、不断启程、不断超越的人。人的存在，要不断拓展；人的精神，要不断升华。人对自己要有清醒的认识，要不囿己见，开阔眼界。勒克莱齐奥对未知世界始终保持着探索的强大动力，他不愿意重复自己，而是一次又一次地启程，不断地去历险，不断地去超越自己，超越小说写作的界限。他七岁开始写小说，一次又一次地尝试，直至找到适合自己的路。他说，所谓的不断超越，是在找寻适合自己的路，是找寻通向新知的路，是开拓新的疆界。我觉得，他的小说创作，就充分地体现出这一精神，从《诉讼笔录》到《沙漠》，从《沙漠》到《乌拉尼亚》，一次次改变，一次次探索，是他的诗学历险的延续，是他重于探索、不断超越的深刻意义之所在。

我在上文已经说到，他如今是南京大学的教授，每年秋季在南京大学开通识课。我们现在有些老师上课内容多少年都不变，轻车熟路，从来不用备课，很省力也很省心。南京大学请勒克莱齐奥上一门课，他本来是可以写好以后，每年重复地上，但是他不愿意。他第一年讲“艺术与文化的非线性阐释”，强调艺术发展是多元的，任何一个时代的创作，就文学和艺术而言，没有高低之分。每个时代都会创造出一座座高峰，是高峰的组合，各放异彩，不是呈线性的发展。他在这门课中，讲述各种各样的文明，评价各种各样的艺术，目光遍及五大洲。第二年，本来他可以很潇洒地再上同样的内容，可他不愿意，他要在文化中进一步探寻，把新课程定为“文学与电影：艺术之互动”，第一课就从奥德修斯开始谈起，以此阐述文学与电影的关系。他要强调的是艺术的互动。2015年，他还是不愿意重复，又开了一门新课，叫“守常与流变——世界诗歌欣赏与阐释”，包括阿拉伯世界的、古希腊的、欧洲的、中国的很多诗歌。他读了大量的诗，而且每一次阅读、每一次发现都可以内化为他精神的养分，加上他那种不断寻找的目光，总是导向新的发现与创造。我跟他说下一年的课总可以重复一下了吧，他说不行，明年我还要讲别的。我问他讲什么，他说讲小说，讲小说叙事艺术。那后年又怎么样呢？他说反正不重复。他今年77岁了，我不知道他还会在南京大学再教多少年书，如果再延续15年，我不知道他在这种不断的超越当中会给我们带来怎样的惊喜。

我的第四个发现是，勒克莱齐奥是一个充满正义感、充满人文情怀的人。在他的作品中，有对殖民主义的强烈批判和深刻反思。在与我的交谈中，他多次涉及对于日本侵略中国的批判。他到南京大屠杀纪念馆去过，说一个在历史上犯罪，但不知道认罪、不知道求得宽恕的国家的领袖，是不值得信赖的，所以他对安倍极其反感。就切尔诺贝利核电站泄漏事件，他跟法国政府有过多次交涉，因为法国是一个核电站非常多的国家。记得2015年11月，在作家方方的安排下，我和勒克莱齐奥参加华中科技大学的文学周活动，在学校宾馆遇到一位从法国来的教授，那位教授是研究能源的。勒克莱齐奥询问他，人类确实享受了科技带来的种种便利，但是核电站剩下来的那些废料怎么处理？法国教授说，我们有科学的处理方法。勒克莱齐奥追问，科学安全吗？对方说暂时是安全的。可勒克莱齐奥又逼问他，暂时是多少年，那个人说两三百年。我当时说了一句话，我说人的一生不会超过百年，你说的暂时是两三百年，我们是安全了，可我们的子孙怎么办？每一个人的生命，都是一种永恒，都要珍惜。勒克莱齐奥当时激动地一下站起来，紧紧握着我的手，说问得好，说他心里想的和我一样，说是“一样的心”。那年11月，巴黎发生了恐怖袭击事件，他特别痛苦，告诉我说，他考虑的主要是两个方面：一是要谴责；二是要反思。他说，人类一定要反思。

我的第五个发现是，勒克莱齐奥是个充满爱的人。看他的小说，可以感觉到他对自然的爱，对生命的爱，对小人物的爱。我觉得，他对我也是充满关爱的。

2015年秋冬季节，有一段时间，我腰不好，他每天一个电话，每天都问候我，问我的腰好一点没有。我最后不得不告诉他，今天已经恢复了百分之六十，第二天又告诉他，已经恢复了百分之六十五。后来我们两人一起到北京大学去参加博雅论坛，他手里拿着一个行李箱，还坚持要帮我拿行李箱。到了宾馆办理入住时，房间钥匙一拿到，他就说先给许先生。他对我们的学生也是如此。几百个学生选他的课，学期的作业，他一个一个看，郑重地打上分数，有的还写上批语。学生的生活、学习、身体，他都关心。在2014年11月27日与勒克莱齐奥就文学与教育展开的对话中，我谈过这么一件事，就发生在我们谈话的前两天："我们在火车站等火车，有一个残疾妈妈带着一个两岁多的孩子从前面走过。我还没有反应过来，他已经从口袋里掏出了硬币递了过去。在那一刻，我受到了震撼。因为在把硬币递过去的时候，他的眼睛看着那个孩子的眼睛，他对着那个孩子微笑，那个孩子也特别开心地对他笑。一个两岁多的孩子和一个七十多岁长着跟中国人不同面孔的老先生之间，这种很快、很简单的给予，并非仅仅是给了一两块钱，实际上表现的是人最基本的品质，那就是爱。”我真切地感到，他是一个充满爱的人：爱才是生命美的本质。人的存在，如果只有仇恨，那多么可怕。在他心里，写小说，如果写仇恨，也是为了呼唤爱。

我的第六个发现是，勒克莱齐奥是一个非常纯真的人。2008年元月底，一个下大雪的冬天，他到中国北京来领奖。那时他还没有获诺贝尔文学奖，在中国还没有像现在这么大的影响，有的记者可能没有一种发现的目光，一种理解的目光，对他的反应比较冷淡。他们不去深入地了解他，了解他的创作，而是发现这个人有些奇怪，在报道中说他大冬天穿着一双凉鞋，一双“招牌式的凉鞋”。那是一双他穿了三十多年的凉鞋，他没有丢，也不舍得丢，因为这双凉鞋跟非洲大地有过亲密接触，在他人生彷徨的时期，他穿着这双凉鞋在非洲大地上行走过，仿佛这双鞋给了他生命的力量，所以他一直保留着，在重要的场合，往往都会穿上，哪怕是在冬天。我觉得这是一份纯朴的感情，是对往昔的一种纯洁的怀念，是对生命的一种透彻的怀念，实际上体现的是对过去的生命时光的一种尊重，是对存在的一种尊重。人心灵纯真，做事就简单。他吃得就非常简单，如果是大的宴会，他特别反感，说人类不应该这么浪费，应该珍惜资源，要想到后代。他到南京大学讲学，我常常和他一起去吃饭。他在南京大学讲学三个月，每个礼拜我们都要在一起吃两顿饭，还有两次系里同事的聚餐，最后一结算，用了多少钱呢？一千八百多块钱！以至于南京大学餐厅的人都“笑话”我们太抠了。其实不是抠，是勒克莱齐奥就喜欢简单，他每次都说要吃米饭，每次要的都是白开水，再加上三到四个菜，都是最家常的菜。每次出行，也是特别简单。我有一次到上海机场去接他，看着他的箱子，颇感意外地问他，怎么这次拿了这么多行李啊？因为我提都提不动。他笑了，说，我这次带的宝贝可多了！我想，他不至于带那么多衣服，那么多吃的——没有，除了必用的衣物、电脑，他基本上就带了两样东西：一是送给我的礼物，毛里求斯的茶，另外全部都是书。他带了多少书呢？七十多本。有一本介绍法国卢浮宫的书特别厚，有好几斤重。对书，他特别有感情，每次回国，行李箱里基本上都是书，很多人送给他的书，哪怕是中文的读不懂，他都舍不得处理掉，说那是朋友送的一份心意，他想着要去读。这么一个简单的人，实际上精神是极丰富的。我觉得他的纯朴和纯真，是对当今物质至上的批判，是对精神世界的追求。

他常常跟我说，人活着，一定要有两种感觉。第一种感觉是当下感。他说，生命中的每一秒都比一辈子这个词来得更实在。我觉得这句话，无论对我们的存在，还是对我们的写作，都有特别深刻的启示。第二种感觉，就是要有独立感。我读过梁漱溟二十几岁时写的《东西方文化及其哲学》，梁漱溟认为我们的社会要发展，要个人发展和社会发展相结合才行。勒克莱齐奥特别尊重个体生命。他曾经问过我什么叫人类。他说全世界的人，每个个人的本质加起来才叫人类。没有一种所谓的抽象的人类，也绝对不是美国的人最伟大。他的这种观点，我觉得是对历史上的德国纳粹主义、对如今抬头的狭隘民族主义的最深刻批判。他强调的独立感，有两点特别重要：一是自由，自由地生长，自由地呼吸空气，自由地表达思想；二是要发展每个人的个性，没有每个人个性的充分发展，一定不会有一个完善、和谐的社会。

与勒克莱齐奥的相处与交往，使我对他有了很多的发现，也有了更深的了解。我和他有过很多的交谈与交流，有的有记录，有的没有记录。有记录的，我这次结集献给读者，与读者分享；没有文字记录的，我记在心里，留在记忆中，滋养我和他的友情，在历史的奇遇中，继续诗学的历险，继续有意义的人生之缘。

2017年8月1日于南京仙林

勒克莱齐奥的文学创作与思想追踪

许钧　勒克莱齐奥

编者的话：2008年11月中下旬的巴黎，天气已经有些冷，仿佛格外地阴冷，竟然下起了雪。不过，走在拉丁区，似乎还是像往年一样，还是一样的人群，居多的还是老师和学生。人们的目光还是那样清澈，神情还是那样宁静，全然看不出金融危机带来的恐慌和不安。也许是读书人的缘故吧，关心得更多的还是精神世界。走进周围的书店，映入眼帘的是11月份陆续开奖的获奖图书。有龚古尔奖、法兰西学院大奖、费米娜奖、雷诺多奖，还有杜拉斯奖，一本本都扎上了红色的腰带，彼此凑在一起，显得格外地热闹。在这些书不远的地方，大多辟有专门的一栏，摆放着当年诺贝尔文学奖得主勒克莱齐奥的作品，早期的和新近的都有，也有研究他的一些专著。看到他的书，不免想起与他二十多年的交往，更想有机会在巴黎再见上这位老朋友一面。

自他一个月前获得诺贝尔文学奖后，我们通过电邮，通了多封信。我生怕打搅他，信每次都写得短短的。我可以想象，一个作家获诺贝尔文学奖后，一定特别忙，要忙着跟媒体打交道，跟书商打交道，跟形形色色的人打交道。可我没有想到，他还是像过去一样，离开了热闹的巴黎，离开了媒体。他写信告诉我，他去了加拿大，又去了英国的一个小地方，那里连互联网都几乎不通。后来他又去了毛里求斯，去接受当地颁发的一个文学奖。那个奖是十年前设立的，两年一次，他已经是第二次获奖了。11月26日晚上，他回到巴黎，28日早晨，我在巴黎高等师范学校的住处接到了他的电话，约定下午四点在大学街的勒诺克斯旅馆见面。他说，旅馆很安静，有个不错的酒吧，我们可以好好叙叙，不会被打搅。

在阵阵寒风中，我和南京大学的高方博士，如约去勒诺克斯旅馆，但不好意思，有些迟到了。走进旅馆，右侧的酒吧里，静静地坐着勒克莱齐奥。他身上穿着羽绒服，围着围巾，下着牛仔裤，脚上穿着运动鞋。见我们进来，他马上起身，迎上前来，跟我们握手问候。

勒克莱齐奥：许钧先生，你好。我们终于又见面了。外面的天气很冷啊，感觉你们的手都冻冷了。

许钧：勒克莱齐奥先生，这位是南京大学的高方博士，是南京大学的老师。她做的博士论文是《中国现代文学在法国的翻译和接受》，里面还特别写到你为《四世同堂》法译本第一卷写的序。我们这次又在巴黎见面，太高兴了。时间过得真快。那次我们在南京见面后，15年过去了。

勒克莱齐奥：是的，真快。记得巴金到法国访问时好像说过："我之所以写作，是因为美好的人生太短了。"可是你跟以前一样，真的没有变。

许钧：还是变多了。我这次给你带来了一份小礼物，是条领带，是用南京的古老工艺品云锦制作的。

勒克莱齐奥：太谢谢你了。我正需要一条领带呢，很快要去斯德哥尔摩领奖。这条领带太漂亮了，又是古老工艺的，我去斯德哥尔摩领奖一定要戴上它。我也给你带来了你喜欢的东西，是我的一本新书，叫《饥饿间奏曲》，上面我写了几句话："许钧先生，谨以此书纪念我们真实的相遇和（因南京下大雪）未成的相见，并表达我对你的感激之情与友谊。"

许钧：今年元月下雪，你到北京参加《乌拉尼亚》

的颁奖仪式。因为那场雪灾，我在南京火车站等了六个多小时，一直到凌晨三点多，可最终火车还是没有启程。记得是那天早上八点多钟，我给你打了电话，因为九点钟颁奖仪式就要开始了。我衷心地祝贺你获得诺贝尔文学奖。自从二十多年前翻译了你的《沙漠》一书后，对你的创作我一直很关注，也很喜欢。三年前，我给瑞典学院写信推荐时，表达的是我的一种愿望，一种希望，但也是出于我对你创作的喜爱和信念。坦率地说，这次获奖出乎你的意料吗？

勒克莱齐奥：真的非常感谢你在中国为我做的一切。你对我的创作一直很忠诚。这次获奖，实在地说，还是出乎我的意料的。确实，这几年，文学界一直在议论某某某有获奖的可能，虽然我也在其中，但从有可能到成为现实，机会还是很少的。那天我在巴黎家中，电话响了，我夫人接的，说是找我的，对方没有多说什么，只是通知我获奖了。真是个好消息，我很惊喜。

许钧：我在与你的通信中，已经给你介绍过，你的作品当中先后有七部被翻译、介绍给了中国读者，具体有《沙漠》（《沙漠的女儿》，1983）、《诉讼笔录》（1992）、《少年心事——梦多及其他故事》（1992）、《战争》（1994）、《流浪的星星》（1999）、《金鱼》（2001）和《乌拉尼亚》（2007）。中国的法国文学研究者和翻译者在你众多的作品中选择了这七部加以翻译和介绍，对这一选择你怎么看？

勒克莱齐奥：这一选择很好，应该说与我写作发展的情况是相当一致的。当然，在时间顺序上，稍有不同。应该是《诉讼笔录》先翻译出来的。关于作品的主要内容，中国翻译家所选择的这些作品比较看重的是我在写作上所追求的社会性介入。比如说《诉讼笔录》一书，是我年轻时写的。写这样一部书，与当时法国的政治与社会状况有关，也与我个人的经历有关。当时法国正经历阿尔及利亚战争。作为一个青年，随时都有可能被征召入伍。我对自己的前途，对社会的前途，感到迷茫，从心理上说，也有些害怕和不安。写这样一部作品，当然也涉及我对社会的一些看法。在某种意义上看，这也是一种政治介入和社会介入。我写的《沙漠》也一样，表明了我对殖民主义的立场，我是反对殖民主义的。至于去年在中国出版的《乌拉尼亚》，那是我对人类社会的一种理想的思考。书中对坎波斯的描写，有理想主义的层面，也有现实的层面，虽然最后失败了，但，还是给人希望的。

许钧：最近我有机会接触到一些法国文学研究界的学者，如巴黎高等师范学校文学系主任米歇尔·缪拉教授、巴黎第八大学比较文学系主任萨莫约教授，还有批评家，比如法国费米娜文学奖评委萨拉娜芙教授，他们对你的创作都比较肯定，意见也相当一致。他们认为你的创作可以明显区分为两个时期：第一个时期是从1963年到1970年代末，第二个时期是从1980年代初至今。前期的作品如《诉讼笔录》《逃遁之书》《战争》《洪水》等，这些作品在创作上可以说与法国当时的知识界和文学界的情况紧密相连，是与法兰西的语境联系在一起的。你在小说艺术上有自己的探索，对人与社会的关系有自己的思考。第二个阶段似乎越来越脱离法兰西语境，出现了世界主义的明显特征，表现出了对他者，对有可能消失的文明的关注。像《寻金者》《奥尼恰》《乌拉尼亚》等。对于创作上的这一分界，你有明确的意识与追求吗？

勒克莱齐奥：对我的创作的这一分界，我看，还是一种表面的理解。实际上，由于我个人的出身和经历，以及接受教育的情况，我一直都分属于两个不同的世界。一个世界是法兰西，我出生在法国，中小学和大学教育都是在法国完成的。另一个世界与我父亲有关，他一直是英国籍。他生活在非洲，可以说是第三世界。我有两个国籍，最早是法国籍和英国籍，后来毛里求斯独立后，英国籍变成了毛里求斯籍。我一直在这两个世界中游走。在毛里求斯英辖时期，我有几个姑妈在那里生活，生活很困难。所以我对处于辉煌地位的法兰西文化的认同也一直有些困难。我的身上，有一部分属于在经济上处于落后地位的世界。正是因为我个人的这些经历，我的创作，有时会着重于法兰西世界，有时会关注另一个世界，也就是处于主流文明之外的那个世界。我想那是正常的。

许钧：对你的作品，不少批评家认为，你很早就看到了现代社会所存在的问题。我也认为你具有某种预见性，看到了当代社会中人们一直没有看到，甚至没有意识到的问题。比如在45年前，你就在《诉讼笔录》中提到了现代社会中人的边缘性问题，还有对于弱势文明的关注。这几天，具体说就在11月25日到27日，法兰西公学院举办了有关列维-斯特劳斯及其作品的研讨会。长期以来，列维-斯特劳斯先生一直在关注世界上有可能消失、失落的文明，呼吁保护那些古老的文明，给那些文明以平等的地位。你的作品也许是对列维-斯特劳斯所代表的这一人文主义思潮的另一种体现。你是否认同他对他者以及其他文明的关注？

勒克莱齐奥：是的。在我很年轻的时候，我就对列维-斯特劳斯的著作和思想很感兴趣。在上个世纪的60年代，我们之间关系很好，我们经常见面。每次见面，我都能诧异地感觉到他对西方文明的那种有所保留的看法。他当然认为西方文明是很重要的，但是他认为拉美印第安文明在世界文明的发展进程中也是非常重要的。不过,在现代社会中,这些古老的文明没有表达自身的权利。在列维-斯特劳斯开始研究这些古老的文明时,他就有了明确的战斗姿态:要关心这些文明,让这些文明有同等的表达自身的权利,而且以不同的形式,比如书写的形式、文学的形式来表现这些文明的历史与现状。

许钧:你的创作也表现了这些意识,不过他是在思想研究层面,你是在诗学创作层面。

勒克莱齐奥:在某种意义上是这样。我非常愿意跟他一起交谈,因为我们在一起谈的不是人类学,而是文学。他对文学非常敏感,是个很有文学修养的人。对法国历史上的一些文学家,特别是关注自然的文学家,比如说卢梭,他很了解。所以跟他一起谈文学,非常愉快。不过，即使我跟他之间没有见面，我跟他在思想上也是相通的，与他的精神交流是自发的。就我而言，我对西方文明之外的那些文明，那些不同的文明，一直就怀有一种兴趣。这种兴趣与关注，也许与我父亲有关。他在非洲生活了很长时间，是在尼日利亚。

许钧：你小的时候，大概是七岁的时候，好像离开尼斯去找过他。在去非洲的船上，你还用小学生的作业本写过小说，是这样吗？

勒克莱齐奥：我到尼日利亚去过，跟我父亲生活过两年，因为父亲是英国籍，战争时期不能回法国，不然维希的贝当政府会抓他。我小时候确实尝试着写过一些东西。那次在船上写的东西算是我最早的创作经历吧。

许钧：这次你获得诺贝尔文学奖，我跟中国不少记者谈起，你的创作经历很长，足足有45年了。在你的创作经历中，你始终在探索，探索小说的艺术，试图通过小说的艺术去揭示人的存在中难以看清或难以意识到的东西，进而加以质疑。我的这种看法不知是不是对的？

勒克莱齐奥：谈到小说的艺术，这确实太复杂了。小说是什么？这是很难用几句话来界定清楚的。在上个世纪六七十年代，法国文学界的焦点在于探索或创造小说的新的可能性。那个时期，大家都在探讨小说的艺术，但我看到了一种极端的形式主义倾向。走上了形式主义的极端，就会导致对形式的过分追求，内容反而不那么重要了。现在，在法国，对小说的艺术的探索不太一样了，也比较自由了。没有谁会规定小说应该怎么写。小说本身也比较自由了。在小说中什么都可以写，也可以采取任何一种形式去写，古典的形式也好，现代的形式也好。就小说形式的探索而言,再也比不过乔伊斯,他对小说形式的探索已经到了极致。乔伊斯对小说艺术的探索,包括新小说派,都有贡献,他们都走得很远,我们总不能只是模仿吧。过去对小说形式的探索,已经到了极端。现在我们所做的比较平凡,就小说形式的创造而言,我们也比较现实了,不像过去那些年代那么雄心勃勃。

许钧:在你的小说创作中,我发现你用的词很简洁,很有力量,有时特别具有讽刺的力量。你是否有明确的追求?

勒克莱齐奥:是的。词语的使用,表明了一种言语的选择。词语是对现实的逼近。我认为每个作家对自己所要表达的东西,都应该保持一定的距离。对语言的使用,我们不要太有野心,认为语言会直接表现现实。

在这个意义上，我觉得作家要善于抓住词语，要谨慎用词。用得恰到好处，就有了力量。

许钧：在写作中，往往有一种倾向，词不达意，达不到表达自身的意图。而你在创作中，特别注意用自己的语言表达自己所见、所想表达的东西。

勒克莱齐奥：上次在北京，我和董强与几位中国文学研究学者在一起，我们谈到了中国语言中经常使用的艺术，就是双关语。那天谈了不少，一句话有表面的意思，也有深层的涵义，领会了特别让人好笑。类似的双关语，我觉得在法语中不是特别多，但是很有意思。确实，用词要谨慎，要注意讽刺的力量。

许钧：在你的作品中，这种讽刺的力量是显而易见的。比如，在你早期的《诉讼笔录》中，主人公亚当被当作疯子，可在你的笔下，他说的话、用的词，特别准确、科学。而那个医学院的大学生，却戴着一副大墨镜，说明他看人看事是戴着有色眼镜的，是歪曲的，不是科学的。这是一种反讽。但在你最近的作品《乌拉尼亚》中，你用的词语好像特别具有诗意。这是一种追求，还是因为你年纪大了，有了变化？

勒克莱齐奥：这是一种追求。我小时候就梦想创造某种语言，以此为乐，用诗一样的语言去描写一个不存在的世界。在《乌拉尼亚》中写坎波斯学院时，用的是讽刺性的语言。这部小说中，实际上有现实的成分。我知道历史上，在巴西，有过类似这样的坎波斯学院，当然名字不一样。我是想写出那些人类学家的处境，由于他们自身的缺陷，所有的努力都归于失败。在《乌拉尼亚》中有两个故事：一个写的是理想的学院，一个写的是理想的城市。结果两个理想都没有实现，都有问题。

许钧：人都有理想，但现实往往很残酷，这也许就是人类面临的尴尬境地吧。在你的创作中，我发现你对人与传统的关系，人与社会的关系，特别是人与自然的关系，特别关注。在《战争》一书中，你对现代社会，对消费社会有可能引起的问题看得很透。

勒克莱齐奥：关于人与自然，我想盎格鲁-撒克逊文学传统对此问题比较敏感。他们对自然很关注，而法兰西的文学传统，对精神，对逻辑比较看重，也是比较关注城市的一种文学。我说的是法语文学。我小时候读过一些撒克逊传统的文学作品，像吉卜林的一些作品。这位作家把自然世界引入文学作品中，去探索人类有过的一种神话式的过去。人类的存在不是仅仅由城市文化构成的。人类的过去，人类的神话阶段是与自然力量以及大自然联系在一起的。我在过去读的那些作品，对我是很重要的。

许钧：这些作品，给你的创作有了影响，留下了痕迹，是吗？

勒克莱齐奥：是的。杰克·伦敦也一样，他是青年读者很喜欢的一个作家，他的作品写得很深刻。

许钧：在《诉讼笔录》前言中，你用了一个词，叫作“假冒的现实主义”。我觉得非常有意思。在你的作品中，你揭示了许多尖锐的现实问题，如殖民主义问题，消费主义问题，人被物化的问题，等等。可有趣的是，你用了一种语言，可称之为假冒的现实主义的语言。你试图用另一种笔触来揭示现实中人们看不到的一些东西。这一点，对我们研究者而言，很值得探讨。

勒克莱齐奥：问题很简单，因为现实主义是不够的，心理分析也不够，都不足以解释全部现实，不足以去揭示人类存在的全部现实。总有一部分我们难以捕捉到。即使是逻辑分析，现实主义的描写，都无法做到。所以，我们刚才谈到的列维-斯特劳斯我很感兴趣。列维-斯特劳斯关注人类所有的文明和知识，而不是只关注城市文明。比如他特别关注自然的层面。人类一旦进入自然的层面，就会发现，人对社会，对人的存在的某种认识是有偏差的，有必要融合各种知识和利用各种手段去认识现实。文学中的现实主义有很多缺陷，其缺陷是明显的。比如我们面前的这张桌子，用再现实的手法，也难以揭示其不言而明的实在性。

许钧：你说的这一切，可以说很清楚地对你的创作有了某种说明。像《诉讼笔录》这部小说，它很难用一种形式进行界定。读前几章，看到亚当给米歇尔写的信，读者会以为是部情感小说。在后面，看到医生对亚当的心理分析，又可能会以为是部心理分析小说。你试图去打破各种界限，调动各种可能性，去揭示你想揭示的现实。

勒克莱齐奥：不管怎么说，小说的界限，不能总是处于讲故事的层面，不能总是限于对细节的描写。比如爱情，有各种形式，如果看小说，只想看到爱情故事，看到对环境的描写，那是不够的，那就看不到人的存在的各个隐秘的层面了。

许钧：你在创作中不断地变换手法，在不断的自我摧毁与决裂中不断形成新的手法。实际上，你的小说往往是导向一种新的可能性，小说的结尾都不是一种定局。

勒克莱齐奥：是的。我的小说最终的结局都有可能是另一部小说的开始。

许钧：我在《乌拉尼亚》中发现，你的每一章的最后一句话都是没有结束的，而是成了下一章的开始。你的小说写作是开放式的，同时对人类存在的质询也是开放性的。两者之间互为关照。

勒克莱齐奥：我在《乌拉尼亚》中采取的那种章尾和章首相互衔接的方法，参考的是一位墨西哥历史学家的写作方法，他的名字叫路易斯·贡扎拉孜，我不知道他的著作在中国有没有翻译过来。他是微型历史学派的创始者。他有一部书在法国已翻译过来，书名直译过来，叫《空中的村庄》，可法文版的书名变成了《孤独的障碍》。他以墨西哥的一个小村庄为基点，以山区的这个小村庄的历史来体现人类的历史。那是一个乡村，居住的是农民，是他的家乡。他善于叙述历史，小中见大。每一章的章尾作为下一章起始的写法，我是学他的，所以我把这本书题献给了他，向他致敬。当然，与我想讲述的故事，形式上也是一致的。因为故事本身也是没有结尾的。

许钧：你的近作，也就是刚刚出版的那本《饥饿间奏曲》，写的是第二次世界大战临近前的那个时期，人们感觉到了危险的迫近，但谁也无法阻止。这是《寻金者》和《奥尼恰》等书的继续吗？

勒克莱齐奥：这几部书之间，有着相似性。我写这部书，是因为我的母亲。我母亲就是那个时代的人。当然比小说的主人公大几岁。我觉得当时的战争就像是人发烧，温度不断升高，谁也阻止不了。在那段历史中，法西斯主义不断升温，极右势力不断升温，在欧洲普遍存在。不仅在德国，在西班牙，在意大利都有，那是非常可怖的。我母亲去过西班牙，去过意大利，感觉到战争不可避免。她到意大利去，感到那里的制度是独裁。在街上走，警察让你走左行道，你绝对不可以走右行道。她看到这种状态，看到了独裁的制度，认为就是这种独裁最终会导致战争。我查阅了当时的一些报刊资料，一些文献，想尽量弄清楚为什么战争是不可避免的。

许钧：今天这个时代有了另一种形式的战争，现代社会过度物质化，过度的消费主义，人的信任发生了危机，也是不可避免的。而且，人类遭受了惩罚，像这次金融危机。你的这部小说是否也是影射这一形式的战争？

勒克莱齐奥：是的。人与人之间不信任，难以交流，相互提防，是消费社会难以避免的一些后果。还有对金钱的贪婪，有危机存在。这些情况，与上个世纪30年代的欧洲有相似的地方，是很严重的。我在书中也谈了我家族的历史，我们家就是在那个时候破产的。我们家原来是有产者，可在那个时代失去了一切。当然，战争也不是绝境，人类总有绝处逢生的希望。在我们社会目前所处的环境中，我想我们还是可以找到乐观的解决方法的。

许钧：目前你是否已经开始创作别的作品了？

勒克莱齐奥：是的。上一部没有写完，新的作品就已经开始写了。这部新作品，我想借鉴乔伊斯在《尤里西斯》和《芬尼根守灵夜》中采取的一些手法，想写的是殖民帝国如何坍塌的历史。殖民帝国是如何坍塌的，我一直都想弄明白。过去的那些殖民强国，都依恋过去辉煌的历史，但它们现在所能维持的，只是一种强大的外表而已。所有理想的东西都消失了。

许钧：是的。不落的太阳坠落了。可对于这样一个尖锐的历史问题，你为什么要采用乔伊斯的现代主义手法呢？

勒克莱齐奥：我不愿写历史小说。我们要反思过去，一方面要考虑我们所继承的那段历史，另一方面要考虑到我们现在的处境。我要试着用现代的手法去写过去。

许钧：最后想提一个问题，与你的创作无关。你是否读过一些中国文学作品？

勒克莱齐奥：我读过，比如《四世同堂》。我很喜欢老舍的作品。他的作品的法文本，我几乎都读过，有的英译本我也读过。他有一些中短篇，对自然因素的描写，我觉得很有意思。对老北京的描写，也让我喜欢，虽然现在的北京跟过去的北京不太一样了。他写作有现实主义的成分，但也有其他的笔触，像超自然的神秘因素等。比如《正红旗下》，比如《月牙儿》等。许多西方人都认为，中国是一个非常理性的社会，实际上不完全是。对于中国的古典作品在法国的传播，艾田蒲起到了很大的作用，虽然他有些极端，但他主持的"认识东方"丛书，翻译了中国的四大名著，有的我读过。不过我对中国当代作品了解很少，几乎没有读过。我承认我对中国当代文学的现状知道的不多。

许钧：再过十几天，你就要去斯德哥尔摩领奖了，是12月10日吧。你在颁奖仪式上的演讲写好了吗？是用法语写的吗？

勒克莱齐奥：写好了，是用法语写的。

许钧：长吗？

勒克莱齐奥：要讲一个小时一刻钟左右，比较长，15到20页呢。我届时会把演讲词发给你。

许钧：谢谢你。今天谈得非常愉快。真诚地邀请你明年4月份去南京。现在我想请你为中国读者写几句话。

勒克莱齐奥：好的，我明年一定去南京。我给中国读者写几句话吧。"致中国读者：在此我要对你们说，我对中国一直怀有友好的情谊和兴趣，我也希望能不断增进我们国家之间的友好联系。我希望经常去中国，在中华文化中发现给人以希望的新的理由所在，让世上的人们看到相互理解和进行文化交流的必要性。勒克莱齐奥,2008年11月28日。”

（许钧　译）

小说家要带读者走出封闭

许钧　勒克莱齐奥

编者的话：2011年8月17日至20日，勒克莱齐奥应邀到上海参加2011上海书展暨书香中国上海周活动。勒克莱齐奥出席了上海书展开幕式并致辞，后又以"都市中的作家"为题在上海书展和华东师范大学作了演讲。在上海逗留期间，许钧与勒克莱齐奥就文学创作进行了多次交流，这些交流的内容由《中国新闻周刊》编辑部记者万佳欢与实习生王一凡根据许钧的交流笔记整理成下文。

文学最重要的功能在交流之中

许钧：你七岁时就开始在轮船上写小说《漫长的旅

行》了。那时写作的动因是什么?

勒克莱齐奥:说起动因,每个时期都不一样。但是每个人不断地读书,眼睛看得多了,总要有想法的。毕飞宇跟我说,他小时候是因为没有人听他说话,他就有一种说的欲望。写东西其实就是渴望跟别人沟通,文学最重要的功能也是在交流之中。正是因为交流,人与人之间亲近起来,隔膜都有可能在交流之中变成了解,有了了解就可能产生一定的理解。在这个意义上,作家都是和平主义者,总是希望和谐。

许钧:你的成名作《诉讼笔录》中有一个人物叫亚当,而且他还带着一条狗。为什么会用亚当这个伊甸园里男人的名字?你怎么会想到写这样一部小说?

勒克莱齐奥:写小说一定是因为心中有什么疑问、

想法，有话要说。如果是为写小说而写小说，这样的小说没有人看，写出来自己也不愿意看。

你可能都没有发现，这部小说的写作跟我当时的状况相关。那时我已经二十来岁了，二十来岁在法国有一个问题，就是要去当兵，我不愿意去——那个时候恰恰爆发了阿尔及利亚战争，我很可能就要到阿尔及利亚去。我一直反对打仗，又不能当逃兵，怎么办呢？而且在城市里，楼越建越高，步伐越来越快，现代的东西越来越多，可是人心惶惶，很少有人去关心你的内心，没有属于自己的地方。所以我就写了这部小说。

许钧：你在前言里说，“主人公不知道是军营里跑出来的，还是精神病院跑出来的”，这两句话我终于明白了。

勒克莱齐奥：当初我的心境就是这样。一是要去当兵，我不想去；二是我对这个社会不了解。这个社会像疯了一样，发展得那么快，我不知道自己在社会上能干什么，真的就是糊涂，像精神有问题一样。

许钧：你作为一个年轻人跟当时的社会环境格格不入，可是又要继续在社会里成长，只能用自己的眼光去看待这一切，要把社会的想法看出来——哪怕是批评的、质疑的，所以看起来很像疯了的亚当在广场上的发言，让我难忘。

勒克莱齐奥：小说里写到咖啡馆，也是对我当时心境的一个写照。当时我们年轻人没有地方去聚、去“藏”，只有咖啡馆。咖啡馆还有酒，喝酒以后疯狂了，还能说说心里话。所以真正的人是只有非疯了不可的时候，才能把自己心里的话喊出来。这一喊出来，心里就好多了。

小说家是要带着读者走出封闭

许钧：其实这种“疯”，是真正的清醒，这样才能把自己对周围环境的看法说出来。你这样的创作有好几部，比如《沙漠》，再比如《战争》《巨人》，对城市都是怀有敌意的，你跟它格格不入。而且城市里潜伏着危险，危险里就可能发生战争，战争又好像无所不在。

勒克莱齐奥：当时我一直写这个东西，说明我的心情还没有完全恢复过来，对社会的问题还没有完全看透。社会，特别是城市里的所谓的文明，这种战争实际上是你的心理跟整个社会飞速发展不协调的反应。所以我一直不想去当兵。还好后来有了机会：在法国不当兵的话可以选择去外国教书。

许钧：你当时选了哪个国家？

勒克莱齐奥：我选了中国。我当时申请到中国来，因为当时正好“文化大革命”，法国的青年特别关注这个。等啊等，不知道什么原因，等来的结果把我派到了泰国去。

许钧：后来听说你被泰国驱逐走了，到底是怎么回事？

勒克莱齐奥：说起来是很有趣的经历。我到了泰国以后他们让我教政治学，那我就要讲讲有关的东西。我当时有一本法文的《毛主席语录》，就在课上读毛主席语录、讲毛泽东，而当时泰国的政治很封闭，特别是对于中国，连毛泽东的名字都是不能提的。很快不知道谁把我告发了，他们就限定我七天出境。后来又把我派到了墨西哥。

许钧：很有趣，你终于因为政治（原因）到了另外一个文明中；而墨西哥正是你非常喜欢的地方，你的小说和博士论文，都与墨西哥文明有关。在早期的《战争》《诉讼笔录》《巨人》之后，我觉得你的小说有很多变化，尤其读了1980年代的《沙漠》以后，觉得你的风格完全变了——故事里已经没有非常紧迫的东西了。以前的每一个词都像一颗子弹，随时可能爆炸，密度特别大。

勒克莱齐奥：写作就是这样，有什么样的心境，你想表达什么样的东西，就应该用相应的方法。当时我的心境有变化，慢慢地成长了，对社会的看法都有所转变。一个人的目光一转变，理解力就不一样了，理解不一样，心境就变了。而心境一变，写作的方法也会变。并不是手法在前，而是目光在前。

许钧：这个有道理，我能不能作一个总结：你前期的小说非常有趣，总是有批判的目光，你不喜欢，甚至厌恶，但小说在现实面前真的是“无能为力”——就像这次你在华东师范大学演说中讲的那样——“是警示，是消遣，还是诅咒”。后来你就换一种喜欢的东西，比如喜欢非洲的文明，喜欢人与人之间、与大自然之间友好的相处，跟小动物说话，看着蓝天、触摸到非洲的一块石头就感到温暖。你是以另一种方法，把大家往美好的地方引。

勒克莱齐奥：你的总结和理解很有趣。确实作为一个小说家，让自己从封闭中走出来是非常重要的。你走出来了，等于带着读者一起走出来，去看更远的、跟自己不一样的地方。你会发现，人类还有那么多美好的、跟我们不一样的东西。

我的视野不断打开，所以才写到墨西哥、非洲。对“他者”文明的关注，特别是对少数民族的关注，从本身就是对于历史的慢慢的理解，对居住在地球上的其他的人的关心。打开视野，走出封闭，再打开心灵。

写作都是试图建立一种伦理

许钧：作为一个作家，你觉得自己的责任是什么？

勒克莱齐奥：要特别关注文化间的差异。这种差异根本就没有落后与先进之分，要让大家能倾听到不同文化的声音，这是作家最重要的任务。

小说可能确实没有办法改变社会，但是你可以去解释它，让人家看到，引起别人的关注，甚至有反抗。笔跟墨有时候比石头更有力量，可以对抗暴力。我们要为那些不能够拥有自己声音的人写作。有一些人在他们的经济、政治、社会地位的处境当中，不能发出自己的声音，我们也许可以为他们说话，成为他们的声音，这个我想也是作家的一个非常重要的方面。

许钧：文学有一个介入的姿态，法国有介入文学的传统，用介入的姿态对于作家来说很有意义。

勒克莱齐奥：作为文学的写作方式，介入文学在法国可能已经过时了，但是不管怎么说，对于作家来说，即使不讲介入写作，我们总是要建立某一种道德或者说伦理。哪怕是法国的一些年轻作家，他们不管是讲述家庭的故事还是讲述社会当中的事情，都是试图在写作当中建立一种伦理，哪怕这种伦理是一种冒犯，或是一种非伦理的东西，但总是在建立一种他认为是伦理的东西。

许钧：这次你到中国来的两次演讲都讲到小说家的重要性。那作为一个小说家，你这辈子到底想要得到什么？

勒克莱齐奥：我什么也不想得到。我只是做一个作家，我要不断地写，只要写得动我就写。在我们的世界上，书的命运跟人的命运一样。现在书的命运好像是不妙，发达国家好像每个人都能读到书，但在有些国家，书还是很难得到的。

我特别想能写点什么。我在毛里求斯跟一些朋友成立了一个基金会，叫作“跨文化与和平基金会”。我们能做的就是通过阅读来实现跨文化的交流，传播和平的思想。我特别希望大家都来提供一些书，比如通过合作出版，通过建立些小的基金，在这些国家设一些图书阅览室，或一些流动图书馆。通过这种不断地阅读，能扩大自己的眼光，跟别的世界慢慢沟通。

许钧：游历生活给很多获奖作家带来了丰富的创作源和感悟。你觉得自己的旅居生活经历在多大程度上影响着你创作中的想象力？

勒克莱齐奥：要是说游历也不是特别多。我在美国住了12年，在墨西哥住了12年，哪一天也希望能在中国住12年。关键是要用心，真正融入当地的社会。

许钧：其他一些国家，你也去过、写过，你有没有想对中国写些什么？我看到，你在路上一有空就读书，比如中国的《道德经》，还有《古诗百首》。

勒克莱齐奥：我也写了一点点小说，写了几页，但是我觉得首先得认识、了解这个国家才可以写。我一直有一个想法，在中国乡村住上几个月。中国跟其他的国家不一样，城市化还不是那么普及，我想写写关于中国乡村城市化过程的一些想法。但是还没有具体的计划。

（万佳欢　整理）

教育与人生

许钧　勒克莱齐奥

编者的话：勒克莱齐奥先生非常热爱中国与中国文化，他曾先后七次来中国访问，自1980年代起，他的作品先后有近20部在中国得到译介和广泛传播，在中国文学与文化界产生了巨大影响。

2011年勒克莱齐奥正式受聘为南京大学名誉教授，并担任中法文化研究中心主任。2013年起，作为南京大学人文社会科学高级研究院杰出驻院学者，勒克莱齐奥开始长期在南大工作，为本科生开设通识课程，并在法语系担任博士生导师。2013年他开设了全校通识课程“艺术与文化的非线性阐释”，这是国内高校中首次由诺贝尔文学奖得主为本科生开设一门完整的课程。

2014年他又开设了新的全校通识课程“文学与电影：艺术之互动”，在南京大学与周边的高校引起了轰动。此外，他还多次为南京大学学生开设讲座。勒克莱齐奥先生虽是具有国际影响的大家，且年逾古稀，但他平易和善，特别注重教书育人。他的授课充满人文关怀，对社会和人生都有深入思考。他对课程非常投入，十分注重启发式教学，为南京大学的教学改革做出了表率。2014年11月27日，应南京大学外国语学院邀请，勒克莱齐奥先生与许钧教授就教育与人生等重大问题，为新入学的两百多名大学生做了一次精彩的对话。该对话由勒克莱齐奥在南京大学的助教张璐博士根据录音整理与翻译。

许钧：今天我们对话的主题很明确：教育与人生。教育一词，每个人都有不同的理解。作为一位诺贝尔文学奖得主，勒克莱齐奥先生似乎距离我们比较远，但是今天，在这里，我觉得他离我们特别近，因为他是我们南京大学的教授，他就在我们中间。他和我们一样在学校食堂吃饭，通常在九食堂。他和我们一样，事情忙的时候会在校园里骑自行车。当然他也和我们一样，有过一种同样的经历：他的自行车买了不久就被偷走了。现在，他每个礼拜到仙林校区上两次课，跟我们一样，都在逸夫楼上课。所以说，我们今天的交流是南大人之间的交流，是心对心的自由的交流。我们可以谈人生，谈教育，也可以谈我们的困惑，谈我们的追求。面对新入学的学生，我会问你们为什么选择南京大学来读书。那么，我想就一个类似的问题，首先问一问勒克莱齐奥先生，你为什么选择了南京大学来教书？作为南大的教师，作为南大人，你对我们这所学校，对我们学校的教学和生活有怎样的感受？对南大有什么意见或建议？

勒克莱齐奥：首先，我要感谢南京大学，感谢外院王靖华书记对我的热情接待。当然，我也要感谢我的同事与挚友许钧先生，他无时无刻不在这里支持着我。我也没有忘记身边极具翻译天分的张晓明老师。我与南京大学的故事要追溯到很久以前，因为这与我生命中第二个重要事件相关。第一个事件是1966年，法国刚刚与中华人民共和国重建外交关系，那是戴高乐的时代。作为一个年轻人，我能够作为外教，成为去国外教书的候选人之一。我选择了中国。但是由于各种原因，我就不加赘述了，我落选了。所以我没有在1966年来中国。故事中的第二个事件是我在巴黎第一次遇见许钧先生。他很久以前就到了巴黎，开始翻译我的著作。他跟我约好见面，我们一起去中国餐馆吃了饭。我立即就被许钧先生的亲切、真诚和正直所吸引。我见证了中国现代文化的特征，即宽大的胸怀、人道主义的精神和对外国文化充满兴趣的优秀天分。之后，我定期会来中国，至今大概有五次。每一次我都为中国的变化之大所惊异。每一年,中国都日新月异。我对这一变化抱有兴趣。因为我觉得,中国之变始终遵循着人道主义原则,始终保持着某种平衡。因此,当许钧老师邀请我来南京大学教书,我一刻也没有犹豫。似乎这正是我们多年友谊的具体体现。去年我开始了这一系列的课程。去年课程的内容是绘画与文学之关联。我很快就惊喜地发现南京大学的学生水平之高,学生的知识量非常丰富。因此,在教的同时我也在学。正是在这里,我发现了一位重要的中国哲学家。他的名字叫墨子。我发现这位哲学家在2 000多年前就发明了摄影原理。因此,我在南京大学的日子收获颇丰。每一刻都能学到新的东西。

许钧:刚才你在讲话当中特别用了两个词:一个是教,一个是学。你特别强调教与学之间的互动。在学校,在人生当中,最基本的两个词,就是教师的教和学生的学。所以今天的交流,我想从“学”这个字开始。“学”这个字的涵义是非常丰富的。第一是要学习,其最根本的途径就是读书,就是我们所说的阅读。所以我想问一下勒克莱齐奥先生,阅读作为学的部分,在你的人生中的重要性体现在哪里?据我所知,勒克莱齐奥先生小时候处于战争年代,没有书读,只能读辞典。还有一些书是你外婆放在书架高处禁止你阅读的,实际上是怕你中毒,你却偷偷去看,去读那些禁书。你小的时候,为什么对阅读有如此的渴望?难道阅读是人这一生中最重要的事情吗?

勒克莱齐奥:我完全赞成,学习是人类最核心的品质,是学习的需求促使我们不断改造世界。人与动物最大的区别在于,人具有好奇心,而动物没有这种好奇心。因此,我们认为,人类出现的标志,应该是最初的人决定向危险挑战的时候,也就是越过大海,或是渡过河流，或是穿越沙漠的时候。面对现实，努力改善生活，改善自我。我认为人类的这些核心品质依旧存在，今天依旧存在。对于生活在中国的21世纪的大学男生女生来说，什么都不缺，要什么有什么，生活是有保障的，你们一定要始终牢记你们的祖先为了到达你们的处境所做的努力。我们是长途迁移者的后代。而书籍，就像许钧先生强调的那样，书籍是不够的。还需要书籍之外的其他东西。需要理解。需要对他者的爱。需要这种促使我们了解未知事物的好奇心。就像我小时候努力寻找被我外婆藏起来的禁书一样。我搬来一把椅子，爬到椅子上去够书。正是好奇心驱使我这么做。我认为在“学习”一词中包含了很多意义，学习，就是拿来并留给自己，是让自己成为不同的人。我认为这是最重要的品质。

许钧：刚才讲到了读书与好奇心，包括人对其他世界的关注。这都是人在一生成长当中重要的部分。因为我发现，你是在经历过的战争时期对读书产生好奇，而我则在“文化大革命”时期产生了兴趣，那时候我们没有书读，但是我们当今世界，由于新媒体、新技术的出现，出书变得特别容易，当下已成为一个书籍狂欢的时代。据我所知，每年中国出的书至少有50万种。可我们一辈子又能读多少书？面对如此多的书，我们所有人都有一个选择书籍的问题。我发现一个有趣的现象，我和勒克莱齐奥先生经常在一起，交流的都是书，不交流的时候你还是跟书打交道，总是拿着一本书。我看你在火车上、办公室里，有的时候在外面等待五六分钟，你都拿着一本书。在中国，我看到你读过《论语》《老子》《墨子》，也看你读过卢梭的著作，读普鲁斯特，还看你读过毕飞宇的小说和莫言的那部《丰乳肥臀》。所以勒克莱齐奥先生，你作为这样一位特别爱书的人，对于书籍的选择有没有什么特别的标准？或者说有没有什么特别的爱好?

勒克莱齐奥:书籍是文化最为神奇的载体。我想指出,读书不需要电。我们想在哪里读书就在哪里读书,可以随时停下,把书放下,然后继续拿起来读。我们可以顺着读,倒着读。我们可以很快地翻阅。我也很欣赏新兴媒体,觉得很方便。从某种意义上来说,新兴媒体更加民主,因为除了耗费一点电,其他什么都不需要。我非常热爱书籍。或许只是因为我童年时期没有书读,我始终对收到的第一本作为礼物的书抱有深厚的感情。当我到书籍缺乏的国家(比如在非洲,或是我父母的故乡毛里求斯),我会去小学,把书赠给没有书的孩子。每次看到他们抱着书本,像是抱着某样珍贵的东西,我都感动不已。因为他们家里没有书,更没有电脑,没有网络。书籍让他们第一次接触文化。正是因此,我非常热爱书籍。书是最重要的东西。那么如何选择书籍呢？我对书的选择通常是非常偶然的。也就是说我比较随心所欲，随心而动。是书来到了我面前，而非我去找书。我在路边凑巧发现了一些书，阅读它们，或是到书店，在书店不买书，而是像南京的先锋书店里一样，我待在一个角落里读书。然后，我把书放回去，离开书店。书店店主肯定不会高兴，因为这样下去他的书就卖不掉了。但这是接触文化的途径之一。所以说，文化，是一种历险，我们无法有所计划。有些书我们料想不到会读，却突然间出现在我们的生命中，成为非常重要的一部分。比如，既然许钧先生提到了，我想说一下老子。我是阅读了一些评论才知道了道家思想。有一天，就在坐火车的时候，我读了老子关于无为而治的句子，不做什么而治国。我当时为老子的话中包含的智慧所震惊，这些思想在现代依旧适用。老子在书中所写的东西在今天仍有价值。所以说，伟大的作品是没有终结的，而会代代相传。阅读，是一场历险。

许钧：书对于一名教师来说也非常重要。在学校里，无论是授课还是做研究，老师都会给学生开一份书单。这书单就像一种指南，指引、引导着我们去发现。我们的博士生考核有规定，在一年之内，有50本书要读，在有的学科甚至有100本书。所以，读书的问题非常重要。勒克莱齐奥先生到中国来教书，人还没有到，就先开好了书单。去年你来的时候我去浦东机场接你。一路上我很累，因为满满的旅行箱里都是书。对于我这个年满六旬的人来说，要拿那么多书是不容易的。今年过来教书，你又带了很多书。刚才又跟我说，走的时候要把这些书留给我们法语系。所以书对于我们一生的成长和教育是最为重要的。我想问勒克莱齐奥先生，如果说是书选择了你，那么你在子女的教育当中，或是我们在一门课程的教授当中，你对于学生如何读书有什么建议？

勒克莱齐奥：刚才我说到随心自由选择书籍来阅读，这种选择是建立在已经获得重要文化知识的基础上的。老师推荐的书是一定要阅读的。因为老师的选择是以引导学生学习为目的。这些书是建立每个人的文化大厦的基石。因此有些文本非常重要。也正是因此，我认为所有文化的书籍都应该去阅读，而非专注于本国文化。比如，我要批评我所在的西方世界的教育没有重视孔子、墨子、老子的著作。而这些正是理解人道主义的基石。如果没有这些要素，人道主义就缺失了重要部分。因此，我认为，个人学识的培养从来都应该注重文化间性，应该建立在多样性上，建立在思想家和哲学家所提供的各种方式方法上，当然也可以建立在文学所提供的方法之上。一旦基石得以建立，培养学识就有点像做体操。我们不应该满足于老师提供的参考书目，还必须阅读相关书籍，自己探索，有时对别人推荐的书籍加以批评。因为没有批评就没有学问。只有在具有批评能力之后,才能说一个人有学问。因为批评能让个体面对群体和文化具有自我意识。我认为,这是教学的主要任务,也就是教会大学生如何去评论去批评,不要禁锢于别人提出的观点。必须去认识,如果不认识,不了解,就无法加以批评。一旦获得了知识,就去实践批评。我觉得这是教学最重要的内容。

许钧:刚才勒克莱齐奥先生在讲书籍的时候,有两个观点特别重要。第一点,学习和阅读的过程就像一场历险,这场历险实际上是对未知世界的一种探险,对他者的一种关心。你刚才也讲到了关于好奇心在整个学习中的作用问题。第二点,你刚才特别强调在阅读中的一种批评精神。我们读书不应该只是为了记忆,或是了解一种知识,并满足于此,而应该有一种批评的精神,批评让我们的思想能够在新的经历之中打开新的天地。所以我觉得,作为学生,学习最为重要,那么我们在大学究竟要学什么？我认为，第一个关键词就是“知”，知识的“知”，法语叫作connaître。这个词非常重要。在古希腊有知与知人两个方面。知己、知他者、知世界，所有知的行为导向的都是光明，一种了解。所以，中国有句古话：读万卷书，行万里路。行万里路恰恰就是勒克莱齐奥先生所说的历险。据我了解，勒克莱齐奥先生就是读万卷书，行万里路的人。你始终怀着好奇心，看到任何东西都会问。所以在诺贝尔文学奖对你的评价中，说你是不断地出发、不断地启程、不断地超越、不断地寻找的作家。阅读你的书就会发现，你为了更好地了解自身，了解自己所在的时代、西方的文明，你不断地去了解其他的世界，比如印第安人的世界、非洲文明、东方文明。你去年开的“艺术与文化的非线性阐释”这门课就包含着这样的精神。你对于其他文明、文化特别关注。我想问你，了解他者，特别是对他者文明的关注，对于一个人的成长有那么重要吗？

勒克莱齐奥：事实是，世界是多样化的。我们不能满足于一个声音，必须聆听所有的声音。我对许钧先生深入了解以后，有一样东西让我感触很深。自从我认识他以来，他就表现出一种人文主义的品质，同时非常谦逊。他是一个学识渊博的人。我最看重的是许钧先生的个人经历。他来自土地，庄稼地的文化，他从农村的环境中走出来，不是因为他蔑视土地，而是因为他的好奇心促使他出来学习更多的东西。他在军队待过一阵，让他接触到了法语。漫漫长路走下来，他获得的是人文科学学识，伟大的精神食粮。在我看来，他的个性中最突出的，是一种乐观主义。许钧先生的乐观主义始终如一，他总在别人身上看到积极的一面，总是每时每刻学到新的道理，因为他从不停止学习。他总能发现文化的新维度、新要素、新的情感和新的冒险。正是这种永恒不变的好奇心让许钧先生成为一位年轻而自由的学者。我想许钧先生为在座的男女大学生做出了很好的榜样。

他是和谐平衡的典范，是个获得自由的人。自由，不仅仅是评论的自由，也是享受人生的自由，感受自身存在幸福的自由。有一位法国哲学家，在今天已经没什么名气了，但这个人还是非常有意思的，他的名字叫阿兰，他曾经说过："我选择要幸福。" 这是一种选择。所以，许钧先生也做出了自己的选择。他选择要幸福，选择与自己生命中陪伴的所有学生一起分享他的幸福，他也选择与大家分享他在翻译实践中对文学的那份热爱。他是喜欢与人分享的人。他是无私的人。对我来说，这是教书之人的首要品质，这种分享的无私精神。

许钧：特别感谢勒克莱齐奥先生第一次在公开场合而不是私人场合表扬我，特别高兴，因为我们是三十多年的朋友了。在一个人的成长过程中，始终保持对于生活、生命的理想和乐观主义，非常重要。还要在这个过程中，带着好奇心学习，不断丰富自己。回忆童年的生活，我写过一篇小文章，题目叫《村头的喇叭》。小时候没有书读。我们村头有个喇叭，这是连接我和外部世界的唯一的通道。我的心牵挂的是农村，但是我的思绪不断地飞往远方，就像是一场历险。小时候的喇叭打开了通向世界的通道，后来我学习的法语，是我能够接触其他世界、其他文明所走出的最为重要的一步。今天，我们外国语学院的新生在一起，你们不仅有学法语的，还有学英语、德语、西班牙语、朝鲜语、俄语、日语的。我觉得学习一门语言，是非常幸福的事情。因为学习每一门语言，就是打开了一个世界，让我们对另一个世界的了解多了一分可能。对此，我要祝福你们。而且我在勒克莱齐奥的作品中，发现了非常重要的一点。在座的有勒克莱齐奥作品的中文译者，有高方老师等等，也发现了这一点。也就是说，他的作品中常常有外语词出现，甚至有五六种外语词。他的作品中出现多种外语词，给我们的翻译造成了困难。对于外语，勒克莱齐奥有着创造性的学习方法。比如中文里的“花”，他一旦学会，就把这个字当作词根，知道会有“某某花”。比如颜色，学会了红色、黑色，其他很快就能学会。他对于语言有着一种天然的亲近，或许就是出于他对于其他文化的关心。所以我想问，外语对于勒克莱齐奥来说，在学习和知的过程中会起到什么作用？

勒克莱齐奥：许钧先生提到我对外语有特别的喜好，不无道理。我觉得中国可以作为一种典范，中国对世界文化有着很大兴趣，中国是没有殖民历史的国家，没有殖民的罪恶感，以最真诚的态度与其他国家进行交流。刚才，许钧先生提到了美洲印第安文明。比如在墨西哥，人们将重要的商人视为与大将军同等地位。大商人和大将军在人民眼中有着相同的高贵身份和价值。商业，对于那里的人民来说，是肯定他们的存在的一种方式，也是发现其他地方、其他民族有意思的东西的方式。我认为,中国作为典范国家,其商业关系非常重要,从商的过程中,每个人也很注重将中国文化传播出去。你们作为语言专业的学生,我想鼓励你们继续做这样的尝试。因为我认为,一个国家的重要性还要看它与其他国家交流能力的高低,不光是商业中的交往,还有思想的交流。交流,也就是给予和接受。中国从印度接受了很多文化。中国文化有很多要仰赖印度文化。但是中国也给印度带去了很多新要素。因此,我非常相信这种尝试和交流的未来一片光明。法国有一本文学刊物名为“交往”(*Commerce*)。我觉得对于一本文学期刊来说,这是个很不错的名字,因为文学和艺术都是与他人保持交往的方式。交往,也就是给予和接受。

许钧:我们刚才提到了几个非常重要的关键词,一个是学,学的过程中要知,而勒克莱齐奥先生刚才在知中特别强调了与他者、其他文化的思想交流。我们现在每个人都掌握一门外语，同学们正在学习新的外语，那么在这个过程中，我们应该去了解世界、理解世界。同时一个人的成长，还要推动世界的发展，进而带来人类社会每个人进一步成长的力量。所以我认为在学校里，我们不单要会读书，学会知，学会发现，还有一个就是要会创造。因为学校既是传授知识的地方，也是培养创造知识、创造精神财富、创造世界的人才的地方。对于“创造”这个词，每个人都有自己的理解，在我们的时代，总是要求不断创新，好像每个人压力都很大，但实际上，创新，创，法语是créer，英语是creat，这个词，应该是我们生命当中重要的一个词。我觉得勒克莱齐奥先生应该对“创”这个词有自己的理解。据我所知，他从七岁的时候就开始创作了，七岁的时候，他就写了一本小说，小说的名字叫作《漫长的旅行》。十来岁的时候，他就开始创作诗歌。其实，创造并非不可高攀、不可企及的东西，创造就在你的身边，就在每个时刻，创造是融合于学、知与行整个过程的人类的行为方式。对我们这些大学生，在如何培养这种创新意识，如何树立创新精神方面，我想请勒克莱齐奥先生谈一谈自己的见解。

勒克莱齐奥：许钧先生强调“创造”这个词是非常在理的。我认为这其实是教育的目的之一，要让每个人都能够创造。那么首先必须明白“创造”这个词是什么意思。创造并不一定是发明什么新的东西，因为不是每个人都能发明新东西。创造指的或许是个体在内心能够找到自己的使命并将其实现。也就是听从希腊哲学家的建议，认识自己。当我们了解自己，当我们明确了自己存在的目标之后，开始追寻目标，永不停歇，直至达到目标。我觉得这是最重要的。不是每个人都能成为诗人。不是每个人都能成为小说家，或导演，或画家。不是每个人都会发明创造。但是每个人都能在自己的领域实现自我。自我实现,也是通向幸福的关键之一。如果没有自我实现,就无法得到内心平衡。平衡是自然的维度,是我们每个人核心的维度,人类都是如此。我认为大学教育能帮助学生达到这一个人目标,个人创造的目标。我还想引用法国文艺复兴哲学的格言,是法国哲学家蒙田说的:"*Mens sana in corpore sano.*"(合宜健全的身体里的合宜健全的精神。)也就是在一个和谐平衡的身体中的明智的精神。当人达到这种身体上的平衡、个体的平衡以及文艺复兴所说的平衡时,就可以考虑自我创新了,也就是说达到了人之存在所确立的目标。我还想加一句,因为许钧先生刚刚问我可以给你们什么建议。我的建议是:读书,学习,学无止境,同时要运动,游泳,跳舞,唱歌,与自然接触,去看看世界。这样,你们的教育将是完美的。

许钧:他还说让你们去跳舞,去玩,这也非常重要。

其实还有一个非常重要的方面他今天没谈。但是在我与他的交流、接触当中，我时时都能感受到。前两天我们在火车站等火车，有一个残疾妈妈带着一个两岁多的孩子从前面走过。我还没有反应过来，他已经从口袋里掏出了硬币递了过去。在那一刻我受到了震撼。因为在把硬币递过去的时候，他的眼睛看着那个孩子的眼睛，他对着那个孩子微笑，那个孩子就特别开心地对他笑。一个两岁多的孩子和一个七十多岁长着跟中国人不同面孔的老先生之间，这种很快、很简单的施与，并非仅仅是给了一块钱、两块钱，实际上表现的是人最基本的品质，那就是爱。我觉得在人生的道路上，人前进的过程中，在学校里还需要学习的，就是爱。这种爱在他的身上每时每刻都有体现。比如他从车上下来，司机给他开门，他会感谢司机，而且用语言和行为表达出来。有的时候我下车比他慢，他会过来给我开车门。我觉得在他的生命中，他对身边的每件事、每个人，他所做的每一项工作，特别对我们南京大学，他都充满着这一个“爱”字。所以我认为，在学校里讲教育与人生，首先要讲为人之道，人文主义精神最根本的一点就是爱。爱，是一种感恩，是对于他者的一种关注，一份关心。我们作为南大的学生，要从“爱”字开始，要爱自己，爱同学，爱老师，爱我们的校园，要爱我们学校里的一草一木。我觉得“爱”这个字可以跟很多动词结合在一起。是爱，连接了我们的思想，连接了我们与世界的关系。所以对于“爱”字，勒克莱齐奥也一定会有自己独特的见解。

勒克莱齐奥：听到许钧先生谈起我们所共同经历的这些事情，我非常感动。我必须说，我建议大学生要多去看看世界。许钧先生并非出身名门世家。他知道自己想成为什么，知道如何掌控自己的命运。他从未忘记生活的教训，他对自己的家庭感恩，对父母感恩，对他生命轨迹中出现的每一个人感恩。我觉得他谈起“爱”

是很自然的事情，因为这是教育所必须传承的品质。如果没有这种爱，没有交流的需要，教育是不到位的。大学生需要学习人生之道，学习如何保护自己，如何独立自主，培养创新精神，同时，我认为也要了解他者，与社会建立和谐的关系。中国就是这种和谐的典范。中国社会最重视这种平衡和谐的需要。凡事一头重一头轻就会造成不平衡、不和谐。而中国总是选择和谐的道路。我认为，你们作为中国的大学生，可以将中国文化的这种处世之道传向世界。你们可以与全世界的大学生分享中国文化和谐的精髓。所以，我能和你们在一起，和我的挚友许钧先生在一起，我感到非常幸福。

（张璐　译）

存在、写作与创造

许钧　勒克莱齐奥

编者的话：2015年12月11日下午15时至17时，在南京大学鼓楼校区院士楼，让-马利·古斯塔夫·勒克莱齐奥先生在他的居所接受了好友兼其作品中译者，南京大学许钧教授的访谈。访谈法文稿由南京大学法语系研究生，勒克莱齐奥指导的博士生施雪莹根据录音加以整理并译成中文。

许钧：勒克莱齐奥先生，你1940年出生，七岁就开始写作，已经写了将近70年。对你而言，这真算得上一条漫长的追寻之路。一路走来，你进行了各种尝试，小说、随笔、诗歌、翻译、儿童文学几乎都试过了。你还写过戏剧,甚至还写了一部侦探小说。我的第一个问题便与这场追寻之旅有关:追寻的是什么?是因为写作是你唯一的存在理由,还是你确实在寻找什么东西?

勒克莱齐奥:是的,我想说两者互相影响,兼而有之。写作的理由也滋养了写作的愿望。换言之,我写作是因为我热爱写作。我之所以写作,一是为了交流,二是因为写作能让问题暴露出来。所以,我觉得这是一种锻炼。写作是一场冒险。那么追寻的是什么呢?我会说追寻的是未知,因为无法确定目标。我不知道这场旅途的终点在哪里,我想它大概会与我生命的终点重合。也许前者的终点会更早来临,但我希望两者能够重合。写作对我来说不是一个附加的活动,它对我自身的存在来说是不可或缺的。我通过写作去生活,又通过生活去写作,生活与写作就这样融合在了一起。而当我说不能确定目标而无法指明旅途的终点时,我想说的是,写作在我眼中并不像侦探小说那么简单。在侦探小说中，我们可以查出凶手，或者给出一个让故事变得合理的理由。然而写作的逻辑却是一点一点构建出来的，我只有在写作过程中才能逐渐了解其中的环节，却不知道最终会通向哪里。但可以确定的是，它会从“认识”走向“认可”，也许还会走向“认同”，认清构成我的以及构成世界的一切。不仅仅探讨我自身是如何构成的，还要探讨世界是如何构成的，我又是如何认识世界的。每当这时，写作便像一道清流，让世界的粒子、世界的碎片都流动起来。这也是为什么我觉得文学不是现实主义的。我不信什么现实主义。我觉得文学表现出来的是截然不同的东西。那是另一个世界，并不比这个世界更好，也不具有魔力，但它在虚构中真实存在，一如现实在现实世界中真实存在一样。

许钧：的确，一场近70年，对认识、认可尤其是未知的追寻，我觉得这三件事在人生中都非常重要。从已知到未知，只有这样人类才能前进。人总想更多地认识自我、认识周遭的世界、认识他人，因此这种探索永远不会止息。而且我觉得，人与世界、个体与社会的关系需要这种不断的探寻。现在让我们回到你的作品上来。我读过你很多作品——你已经出版了各类作品四十余部。你的第一部作品《诉讼笔录》出版于1963年。没有人知道书中的主人公从哪儿来。他可能是从哪个疯人院或兵营里逃出来的。我们也可以说，他想逃避兵营或疯人院。前者代表战争，而后者则指向疯癫。那么对你来说，写这本“逃”之书的主要动机是什么？

勒克莱齐奥：这本书诞生于一个特定的历史时期。我是在1961年至1962年写这部作品的，书是1963年出版的，不过1962年就已经完成写作和编辑工作了，主要是在1961年写的。从我开始写到编辑给我回信表示这本书很有趣并且会出版它之间，隔了很长一段沉寂的时间。1961年正好是阿尔及利亚战争时期。我是在那时构思并写下这本书的。书中还有关于阿尔及利亚军统帅布迈丁进入提济乌祖时受到人群夹道欢迎的剪报。我把整则报道都放了进去，好让故事更好地融入时代。那么，为什么提到疯人院和军队呢？因为当时我可能会被征召入伍。那时我还没服兵役，正在为成为士官做军事准备。有一年的时间我都在训练，使用一把不怎么样的步枪，还学了些排兵布阵的理论等。我准备好了要上战场。与此同时，我有些同学——全部是男同学，因为女孩不用打仗——为了不去打仗，就把自己弄进军队的心理诊所去。其中有个人吃了肥皂，装出口吐白沫的样子，让别人以为他得了癫痫。另一个假装自己疯了，其他人也都做出类似的举动。有些人给自己注射咖啡因，好让心跳过速。所有这一切都是为了能复员。不过我完全不想这样做，要么打仗，要么逃跑，但绝不进精神病院。所以军营和疯人院其实是一回事。这就是当时的年轻人被召集的地方,每个青年都得做出自己的选择,而我选择了军营。幸运的是,我获得了延期的机会。因为到了1962年,戴高乐的谈判结束了,谈判经历的时间很长……谈判进行了很多场,耽搁了很长时间,耗去了许多生命,因为谈判过程中,战争仍在继续。阿尔及利亚要求对撒哈拉行使主权,但戴高乐将军计划将撒哈拉用作核武器试验场,所以他肯定希望留下撒哈拉来制造核武器。最后,1962年,历经在埃维昂的激烈协谈后,终于结束了战争……这部小说就是在那个时候写的,其中的内容就可以得到解释……

许钧:所以,这部小说的创作确实与当时的历史环境紧密相连,也是对你自己生存状况的一种表达。

勒克莱齐奥:是的,我和许多我们这代人一样,不是阿尔贝·加缪的孩子，而是他的弟弟，加缪就像我们的大哥。当时，加缪的言论令我们有些震惊，因为他没有表明立场。而我们很多人，包括我在内，都支持阿尔及利亚独立。我有个同学，当时是“行李搬运工”组织的一员。那时有来自世界各地的资金支持阿尔及利亚民族解放阵线的活动。而我那个同学，说来也挺奇怪，还是宪兵的儿子，他把钱藏在行李里面偷运过来，后来被发现了，差点判了死刑。最后他能侥幸死里逃生，仅仅因为他才18岁，人们觉得他太年轻了。不过，他还是被送到阿尔及利亚。因此，那个时期的形势还是很严峻的。而我写这个故事时采取一种略带讽刺的方式，与它拉开一点儿距离。这或许也和我当时的情况有关，那时我在尼斯，离边境不太远，大家都清楚自己能不费什么力气就跑到国境线另一边去。战争对我们没有威胁。比方说，我们曾成群结队去看意大利电影《阿尔及尔之战》，我记得是庞泰科沃拍的，讲述法军在阿尔及利亚的暴行。片子在法国被禁,所以我们是去边境那边的意大利城市文蒂米列看的。我们当时算是相当激进的。小说就是在这样的背景下写的,但我还是坚持采取一种反讽的态度拉开距离,这或许是为了减弱故事的戏剧性,抑或是为了表现那段时期的荒诞。我们无法像加缪那样严肃。

许钧:所以,这部小说是你对自己当时的真实处境的表达。但如你所言,你采用的是一种颇为奇趣的风格。即便情境本身是真实的,你的表达仍然让我们联想到新小说。你处理小说的方式几乎与传统小说截然相反。我们可以从作品中读出你刚才提到的种种特色:新闻简报、拼接,等等。那么当时你与新小说作家有来往吗?或者你那时是否读过新小说作品?

勒克莱齐奥:我记得那时应该已经读过罗布-格里

耶的《橡皮》，可能还有米歇尔·布托的《变》。另外还有个作家，现在已经被人遗忘了。他叫弗朗茨-安德烈·布尔盖，写过一部深受新小说启发的作品。所以我觉得自己尽管没有刻意摹仿新小说，但依然受到影响。因为越是刻意追求，反而越得不到。其实我原本是想写出与新小说在标准、原则以及风格上完全不同的东西。顺便说一下，小说出版时，编辑从后来附加的前言中删去了一段话，我在那段话中写道："请注意，这不是一部新小说。"不过那也不算前言，那是我附在手稿里寄给编辑的一封信。

许钧：我几乎读了你所有的作品，我发现你早期写的小说总是与逃离、放弃、无力等概念有关，如果这是反抗，那也是一种消极的反抗。比如《诉讼笔录》讲的是逃离与被社会抛弃的命运。1966年的《大洪水》说的是弗朗索瓦·贝松在13天里发生的故事。在第13

天，他放弃“金钱、爱情、工作和幸福”，甚至将双眼“交由烈日灼烧”。在1969年的《逃之书》中，奥冈周游四方，却不属于任何一处，因为他没有家。《发热》则讲的是感官问题。据说我们的皮肤、眼睛、耳朵、鼻子和舌头每天都会积攒上百万种感觉，我们是真正的火山。换句话说，面对这个充满敌意的世界，我们正经历着一场感官爆发。《战争》也一样：战火遍地，没人能够全身而退。我们创造的一切都与我们作对。在这场战争面前，我们无能为力。我们被自己的手扼住咽喉。总之，我觉得所有这些小说都围绕你自身的经历，围绕你的所见与你的生活。你能否谈谈你的小说、你对社会的看法、你的自身经历以及你面对这个给人的发展设下诸多障碍的世界所产生的感悟之间的联系？

勒克莱齐奥：实际上，我早期写作的动机正是反抗。那是种属于年轻人的反抗，当时我很年轻，写下你提到的大部分作品时我还不到30岁。对当时的年轻人来说，也许今天依然如此，困难在于如何融入社会并接受社会的种种缺陷。当时社会的主要问题在于它被置于全面的干预之下。戴高乐统治下的社会非常死板，完全处于这位法国之父强有力的控制之下，有点类似毛泽东时期的中国。我父亲一直挺欣赏毛泽东，但对戴高乐却多有贬斥之词，说他欺骗法国人民，要手段利用他们，玩弄了他们的感情，诸如此类。这个过于僵化、刻板的社会彻底地违背了年轻人渴望自由的愿望。年轻一代还有抗议的需要，因为社会过于刻板、严苛，而年轻人需要自我表达。总之，戴高乐之所以倒台就是因为年轻一代的怒火在1968年5月爆发。这充分说明当时存在一股反抗力量，而这股反抗力量在对待戴高乐时常常有失公允。无论如何，戴高乐总统是位伟人。但这股力量需要表达却又无处宣泄，才催生出那个时期的标语、口号。这些口号在今天看来都十分幼稚，诸如“铺路石下是海滩”“禁止说禁止”等。所有这些从根本上说都很天真，不过却体现出反抗的需求以及年轻人确立自我存在感的渴望。我觉得自己也是这场剧变的一部分。我没有参加红五月运动，那时我在墨西哥，但我记得自己参加过几场共产主义会议，我们高举拳头上街游行。还有人拍到过我在街头拳头高举的照片。当时我们还曾组织小团体，共同揭发出版业，认为书籍出版后应该分发到大街上，而不是出售。所有这些现在看起来都很天真。不过我想这是当时青年的集体力量，他们需要空气，需要自由。这一切似乎都已经很久远了，现在看来几乎有些古老。

许钧：所以你的小说就表达了这些……

勒克莱齐奥：是的，只是我认为自己的小说里还有别的东西。怎么说呢？当时还没有“生态”这种说法，可能连这个词都不存在。大多数年轻人的反抗都是出于政治原因，而我呢，更多是出于一种焦虑感：城市、封闭的街道、被摄像机监视的感觉，一切都过于有序、过于封闭、过于紧锁，这些都让我焦虑。而这种感觉在我与城市的切实接触中又进一步加强。听上去可能有些不可思议，但我在尼斯时法国才开始建造第一家超市。之前法国没有超市，也没有高速公路。当时法国的生活和让-雅克·卢梭的时代没什么两样。但我眼看第一家超市建造起来，凭我的想象力，很快抓住了问题。我把这叫作“超级警察”，因为在我看来，这将是一系列连锁反应的开端，商业经济将就此压倒个人。当时我刚读了古斯塔夫·勒庞的理论，他进行过有关下意识的研究，即说眼睛看到的东西，大脑就算没有记下来，它也知道。例如，在一段影片中，一秒播放的20帧画面里有一张展示了饮料。那么一段时间后，人们便会起来喝水。因为这张图片已经被捕捉并进入他们的意识中了。今天看来，这些都有些天真，但在当时这是相当严肃的事，连天主教的领袖教皇都公开发表过声明谴责下意识。现在没人再提这些了，它们都已经被遗忘了。总之，反抗就产生在那样一个时期，人们反抗来自机械化世界的压迫，世界已经过于……

许钧：过于物质。

勒克莱齐奥：过于物质，完全正确！

许钧：所以，你刚才的介绍代表了你创作的第一阶段，它与你的青年时代，与你当时的生活环境紧密相关。从1980年起，你的写作发生了变化。自《沙漠》开始，你的目光似乎转向了外部世界，而不再囿于自身。这本书有两条叙事线索：一条线索是被殖民主义驱赶的“蓝面人”；另一条线索是移民到法国的拉拉，她在成功的那一刻回到了故乡。如果说你早期小说的灵感源自个人经历，是你对自身感受、对过于僵化的社会的看法的迫切表达，那么《沙漠》这部作品的灵感又源自何处呢？

勒克莱齐奥：是的，确实存在转变。不过我很难说清为什么会有这种变化。当时我的精神与心灵正经受比较严重的危机。我刚在墨西哥服完兵役，四处旅行，去了很多地方。那几年可以说是我一生中真正旅行过的阶段。我在丛林里生活过一段时间，但我并非出于好奇才这么做，我是要寻找走出危机的办法。我不想去军营，更不想去精神病院，所以必须找到解决之道。而最终给我答案的是美洲印第安人，他们一生都在与现代社会，也就是与城市抗争。他们素来善于充分利用现代社会的便利，同时又不接受自己不想要的东西。我首先在墨西哥遇到一个被称作“维乔人”的美洲印第安部落。

这个部落尤以用墨西哥“仙人球”制药闻名，那是小仙人掌的一种，含有某种迷醉成分，虽然有毒但能达到迷幻效果。维乔人还有非常古老的仪式，他们在仪式上会产生幻觉，并将这些幻觉画下来。总之，当时我遇到了这些人。我甚至尝过仙人球，不过对我没什么效果。我想可能需要进入某种精神状态才行。当然，也有可能他们没有给我足够的量。在那之后，我又去了巴拿马。在那儿，我非常偶然地遇到一些来自“恩贝拉”部落的人，他们就在巴拿马城里活动。我被他们的穷困程度震惊。他们来自丛林，习惯裸体生活。这在现代社会当然是禁止的，所以他们穿上破了洞的烂布条做的衣服。与此同时，他们脸上始终有种非常高傲的神情，我觉得几乎可以说是王子的神情。我完全被吸引。他们在现代社会里自由来去，一无所惧，带着一种完美的漠然。我问他们住在哪儿，他们发出邀请，我就去了。我在他们的丛林部落里待了将近三年，中间离开过几次。当河水干涸没法航行的时候，我就回欧洲去。三年后，那边的环境恶化了。哥伦比亚人在那里走私毒品，造成了威胁。为了生命安全，我决定不再回去。这段经历之后，我回到了欧洲，结果发现自己已经很难重新适应这里了。当时，我想自己再也不会提笔写作了。但我不知道该用什么来代替。我感受到写作的欲望，但我觉得自己已经把要说的话都说完了，不应该再添加什么。然而渐渐地，我又振作起来。我就是在那时遇到我后来的妻子热米亚的，她真是我的救命稻草。她让我重拾对自己的信心，并向我展示人不一定要做城市生活高压的牺牲品，人可以头脑清醒地在法国生活，无论是在尼斯还是在巴黎。遇到热米亚时，我还认识了她母亲。这个女人来自沙漠，是走出沙漠的移民。于是我便有了讲述这个故事的愿望，因为热米亚的母亲深深震撼了我。这个女人不会读也不会写，她靠做家务维持生计，独自一人拉扯大她的孩子们。她有一种强大的精神力量。总之，我想讲述这个故事。事实上拉拉的原型更多是热米亚的母亲而不是热米亚本人。

许钧：我注意到，这本小说之后，你得到了某种非常珍贵的东西——平和。我想，历经一段抵抗、斗争、反抗压迫的岁月，你终于寻得了平静。而我觉得正是这份平静让你继续生存下去，让你走出自我，走出一己的印象与执着。你将目光转向一个更加广阔的世界。我想这肯定与你在丛林，在其他国家与文化中的生活有关。这点真的很重要。我还注意到从《沙漠》开始，你的写作风格也与之前不同。1991年，你又写下《奥尼恰》。这之前还有《寻金者》。这些作品或多或少都与非洲这片土地有关。我认为，在写这些小说时，你其实已经开始关注身边的人。比如说，《沙漠》写的是热米亚母亲的故事；《寻金者》里则是你祖父的故事；《奥尼恰》是你父亲的故事；《饥饿间奏曲》则和你母亲的故事有些关联。我知道所有这些作品都是虚构的，但它们都以你的童年记忆，以你听到的故事为基础。那么，你如何将身边人的故事与全新的社会、文化联系在一起？

勒克莱齐奥：当时，我需要的是重新与历史联结。因为我觉得当时的自己脱离了历史的脉络。前面我提到的那个时期，也就是我写《诉讼笔录》的那段时间，我怀有那一代年轻人的情感，觉得我们无法掌控历史，觉得自己成了历史的玩具，却无法掌控它。也许就是从20世纪80年代开始，我才想要重新回归历史。而要重新与历史联结，就必须重新与真正活着的人建立联系，那些我认识的，向我诉说过的，向他人诉说过，或是留下叙述的人。这些都是我能使用的素材。因为我必须在历史脉络中融入这些记忆——无论是书写的记忆，还是对先后发生的事件的记忆——才能为自己找到一片立足之地，一片足够坚实的可以开始写作的土地。我不能再随意写作，换句话说就是不能只讲我自己。对我来说，所谓随意写作就是只写自己。就像亨利·米肖在《羽毛》中所写的，只关心自己的生活，其实太轻了。总是顾影自怜的东西没有存在感。在那段时间，对亨利·米肖的阅读给我很大帮助。因为那位作家也过着两种不同的生活。在一种生活里，他不断质问自己是谁。他想知道如何才能完善这个有些平庸、轻飘飘、几乎像舞者的人，以及如何才能把这个人与艰辛的现实生活，与亨利·米肖的生活联系在一起。他找到了另一条道路，即《来自深渊的体验》选择的道路，质询内心的道路。不过我完全没有走那条路。那是另一种可能……人一开始，往往只属于一个家族，而不是属于一个国家。之后，人慢慢地开始属于那个国家，属于那种文化，但这都是通过家族的生活来实现的。当我发现我的家族如此特殊，发现它属于各种不同的文化，发现它的历史充满迁徙、道路曲折，这更加滋养了我的想象，因为我的想象需要这种演变、自由行动、自由迁移的感觉。

许钧:我在前面提到的问题里,涉及你个人的存在与整个家族历史演变之间的关系,以及从这个家族出发,你与国家、民族演变的关系。正如你刚才所说,正是在编织历史经纬的过程中,你才能找到自己的落脚点。这点也很重要。具体到写作,我们曾多次谈到,想象和记忆确实起到非常特殊而重要的作用。批评家加斯东·巴什拉也曾强调童年记忆的重要性。他说童年记忆有一种生成作用,换言之,童年的记忆会发酵,然后转化为某种通往创作的东西。那么,哪些回忆对你的创作启发最大呢?

勒克莱齐奥:我觉得是关于我父母家族的回忆。你也知道,我来自一个近亲家庭,我的爷爷和外公是兄弟。家庭为我提供的资源相对有限，我接触到的人不多，这是一个有限的家庭，不过这种有限只是数量上的。事实上，我的家庭非常多元，什么稀奇古怪的人都有。所以，当我需要从那些或滑稽、或超凡，或果敢大胆、或道德高尚的人，有时甚至是非常吝啬、贪婪的人那里寻找灵感时，我根本没有必要跑到外面去找，家里什么人都有，绝对包罗万象。不过这也没什么了不起的，可能所有家庭都是包罗万象的。所以，成年的我要找回的，就是这个几近无限的世界。我曾在很短一段时间里——说到底也就是介于少年与成年的这段时间——将它抛弃，而去想象一个更加私人因而也就更加抽象的世界。再向前追溯，便是童年时期。童年的世界至关重要。举个例子，我们家族里有个人曾被指派为印度总督。因此我12岁时写过一部关于印度的小说。我不得不十分巧妙地设定故事，好引出这个人物。14岁时，我去摩洛哥旅行，在当地遇到一个本家亲戚。他打理着一座小麦和高粱种植园。他告诉我，叛乱分子已经决定要把他的种植园付之一炬，而他每天都得留心看守，还要派部队防止有人放火。于是，我就创造出了一个摩洛哥反抗者的形象，他真的一把火烧掉了种植园。这个人后来成了《沙漠》中的一个人物，一个领头人，一个领袖。所以我觉得在青年时期之后，我重新与世界联结了。青年时期的我轻率又认真，妄想独自一人改造世界、重塑世界。那段时期结束并渡过危机之后，我终于找回了与家庭相连的内心生活。

许钧：你有几部作品，我读了又读，发现你有两种非常恰当的叙述方法。其一是个体化，就是你总喜欢刻画一个具体人物。其二是感官化，就是说你从不从概念出发，而总是直接从人的五感入手：看、听、闻、触、尝。这也造就了你小说最突出的几个特点：首先，书里你从来不从过于宏大的叙事起笔——也就是我们说的宏大历史叙事；其次，你总是从一个人物的命运写起，并由这个人物牵引出历史背景。换言之，个体便是社会的心跳。个体化与感官化尤其通过你的描写体现出来。比如《寻金者》的第一句话是“从我记忆深处，依然可以听见大海（mer）的声音”。这里的“mer”的声音是双重的：首先是大海、海洋的声音；同时也是母亲（mère，发音同mer）的声音。而到了《乌拉尼亚》，甚至连味觉也能滋养你的记忆。你说那时的味道让你想起那些年的味道，战争的味道，等等。这就是你存在以及感受自身存在的方式吗？因为刚才我们提到了理性，我觉得你似乎常常反对理性体系，强调感性的重要性。

勒克莱齐奥：是的，对我来说，从刚会写字起就热爱写的那些文字——我在还不会读的时候就会写了，我是那么热爱写字的动作——一直都非常感性。这些词语必须与我听到的、观察到的、品尝到的东西，与某种切实存在的东西相对应。这也是我这么喜欢小说的原因，因为小说生于真实世界，小说生于感觉。在我眼里，小说艺术是一种非常感官化的艺术。我能想象人可以被另一种精神的表现吸引。但对我来说，感觉才是真正的出发点。词语之中必须饱含这种感觉。要讲一个故事，要开始一部小说，我需要将它纳入这种感性中去，不然我就不知道故事该归依何处。我甚至没法拟出一个连贯的小说大纲来。我试过很多次，想在提笔前先为小说草拟个大纲，但我没能按计划写下去。因为词语的力量，一字一句的力量，都有自己的生命。它们将带你前往自己不曾料想的地方。这也是为什么刚才我会说不知道目的地在哪，不知道尽头到底有什么，因为这一切都在语言中完成。语言具有这种独立的生命形式，它是集体的，也是独立的。我觉得词语中的感性说的就是这个意思。

许钧：所以是词语和其中包含的感性在引导你写作。通过这种充满感觉的特质，换言之，这种对感官的追求，这种对词语本身也拥有的真实生命的追求，我们感受到你书写中的诗意。这一点在许多层面上表现出来。比如描写自然时，你总会写到与自然之间的平衡、和谐的关系。你书中的人物与草木、动物、大海等对话。此外，还有从不幸与困境中萌生出的希望与对乌托邦的追求。在你的作品中，我们始终能感受到这种乐观态度，这种对他者的尊重。你不只为自己而活，还与整个自然共生，与整个社会共存。你是所有这一切中的一个元素，而不同元素之间的关系由整个世界的关系决定。你的这种追求可以被看作一种诗学和美学的追求。你自己是否意识到了这一点？

勒克莱齐奥：关于自然这一点，是的，你说得对。不过我不知道自己是否真有某种诗学计划。直接定义这个诗学计划可能太过大胆。尽管我想我还是身不由己地在写作过程中定义了它。但是出于迷信或担忧，我宁愿不去了解它，我更愿意通过小说、通过我写下的文字将它表现出来，而不想显得我在遵循一个大纲或计划，因为我觉得一旦我把它揭示出来，它便不复存在了。

许钧：是的，美是不可求的，它只见于自然之中。

勒克莱齐奥：没错，自然是自发的、根本的。每个人都可以从中找到自己想寻求的东西。你眼中的自然不同于我眼中的自然，它不是我看到的自然。我前面曾提到住在丛林里的印第安人。我活在丛林中，就像活在一个充满敌意的世界，但对他们而言，丛林是一座花园。他们知道每个事物的位置，包括所有有益或有害的东西。他们会循着明确的线路前进。他们不满足于用眼睛去看，还会一边走路一边尝不同的植物，闻不同的味道。这里有一种更广泛的交流。那么,小说与自然又有何相似之处呢?那就是文本中也积存着各种各样的感觉。而我觉得无论是写它的人还是读它的人,也都会进行这种探寻,它是一点一点完成的,完全没有一个预先确定的方案。当然,还是存在一种被我们称为文学批评的艺术,它的作用恰恰就是寻踪追迹。我欣赏这门艺术,同时也承认自己在这方面并不擅长。我很庆幸有这种技艺的存在,也很敬佩那些博学之士,他们通过研究文体或细读文章能够找到猎物,发现隐藏于文本中的东西,有点像丛林中的印第安人知道如何走一条对自己的搜寻有利的路。但是丛林的创造者——因为说到底是作家创造了这片丛林——却常常处于荒诞的境地,他的造物常常超出他的控制。我总是喜欢举卡夫卡的例子,因为我觉得它相当惊人。我认识一个剧作家,他叫勒内·德·欧巴尔迪亚,写过不少有趣的作品。欧巴尔迪亚年轻时曾遇到过一个上了年纪的人,那人曾在布拉格见过卡夫卡。他讲过一则趣闻，后来我在讲座中也提到过：当时卡夫卡住在一个面向教堂的小房间里。环境中有种压抑感，这也解释了他作品的特点。他时不时会下楼去咖啡馆，拿上几张写好的稿子，向公众朗读自己的作品。大家都目瞪口呆，因为他写的东西非常可怕，他自己却停下来哈哈大笑，因为他觉得自己写的东西很有趣，这让他在自己的牢笼中得到解脱。他一边读一边放声大笑。我说这些是为了说明，创造世界的作家，造出丛林的作家，并不一定就能给出正确的解释。有时他完全弄错了自己所写东西的含义。他写自己认为重要的东西，可实际上重要的可能是其他部分。写作中有这种“身不由己”的地方。总之，就是身不由己。身不由己的写作，这是文学中我颇想研究的一个主题。

许钧：刚才我们谈到了与自然的关系、身不由己的写作。但是我想，你的写作中还是存在着你非常有意识去追求的一面,那就是你写作中的节奏与音乐性。这种精致的音乐性,这种我们时刻能感受到的很强的节奏感,对你而言有怎样的意义?当人们读你的作品时,这种韵律便会显现出来。

勒克莱齐奥:这很神秘。因为散文的节奏很难分析到底是怎样构成的。有人说我写作的方式过于诗化了。或许就是这一点赋予了我节奏感。诗歌更加容易进行节奏分析,但对我来说节奏必不可少。我写作时很少涂改——我想你已经在我给你的稿子中看到了这一点。换句话说,当我写下一句话时,它已经成熟了。而要让它成熟,它必须与我产生共鸣,必须让我感到满意。我想与节奏有关的正是这种对完满的追求。英语中有个词组叫"good waves",意思是美妙的音波。当词语组合出美妙的音波,那时它们就可以写到纸上了。

许钧：我认为这确实是你小说的一个突出特点。人们写小说时通常不怎么注意节奏问题。但有了这种对节奏的追求，我们读你的作品时便会觉得非常幸福，有时还非常感动。节奏的运动邀请我们参与，邀请我们走进你的小说。

勒克莱齐奥：是的。我刚才说到节奏时，就好像它是某种自发的东西。但事实并非完全如此。因为我觉得这也和努力有关，特别和阅读有关。它与作家对自己语言的了解，与作家对他或她用来写作的语言的了解有关。我们爱过的书会带给我们灵感。而我们爱一本书的哪些方面呢？我们爱过的可能是词语的音响，可能是某些词的重复，可能是句子的节奏，可能是长句中与呼吸同步的停顿，等等。我相信这一切都是阅读的结果，是让一种语言变成自己的语言的过程。因为语言属于所有人，法语、中文、阿兹特克语等，都属于使用这种语言的全体。这是一笔公共财富。但要想充分表达自己的想法,则须将一种语言变成自己的语言。

许钧:或许也是通过节奏,我们才能真正感受语言的生命。因为是语言让我们呼吸,是语言让我们休憩。换言之,在你的作品中,语言与生命之息紧紧相连。

勒克莱齐奥:一点不错,想要得到富于乐感的句子,是得有一种本能,就像在音乐中一样。我相信存在某种我们称作天才、灵感、火花之类的东西,催生出了如歌的语句。但这还不够,还必须将它记住,表达出来,换句话说,就是通过某种方式将它分解。普鲁斯特的作品中我特别喜欢的,是《追忆似水年华》中写《凡德伊的奏鸣曲》的那部分。他写的关于《凡德伊的奏鸣曲》的一切,完美地阐释了什么是写作。

许钧：就是写《凡德伊的奏鸣曲》的段落中的这声门铃，为你打开了一个诗的甚至美的世界，而这个世界之后又成了你自己的世界。

勒克莱齐奥：对！对普鲁斯特，我一直持保留态度。我觉得他的形容词太多，又太长。但他的作品中有非常感人的片段，比如，他专注描写人做梦和写作时精神世界发生的一切的那些段落。近几年我对中国诗歌产生了极大热情，因为那里面有一种完全不同的节奏：里面有非常精确的一面，但另一方面，一切又都是转瞬即逝的，因为所有感觉都“成团”地被表达出来，每个字都代表着一种感觉。

许钧：对！对音响、音乐性、图像的感觉，同时还有思想的变化发展。

勒克莱齐奥：是的。这是我从前不知道的全新方法。对我来说，这就好像认识了一种全新的语言。

许钧：刚才你谈到马塞尔·普鲁斯特。这让我想起你走过的道路。我想这条文学之路首先是通过阅读建立起来的：你的母亲、你的双亲给你讲的故事，你读过的其他大大小小作家的作品。我觉得在你的文学生涯中，有一种根本的东西，那就是阅读。你读了很多书，而且还在继续读。你在阅读上花了很多时间。我们一起出行的时间，都是你的阅读时间。我注意到，你读过普鲁斯特、卢梭……甚至还有一些中国作家的作品。那么，你能否和我们说说，从世界范围来看，20世纪的作家中，哪些对你有特殊意义，哪些在有意或无意间对你产生过巨大影响？

勒克莱齐奥：好的。20世纪时间跨度很大，作品很多，作家也数不胜数。个人而言，我首先读的是第一次世界大战之前的“美好年代”作家的作品，比如皮埃尔·洛蒂，不过那还是19世纪末；游记作家的作品我读过很多。主要是因为我祖母的书柜里全是这些小说和故事，这些书大多没有留下来。她有套故事书叫《法国兵巴尔纳沃》，是我还是孩子的时候读的。这套书讲的是一个士兵与一头老虎相伴周游印度支那（中南半岛）的故事。那确实是套儿童读物，不过大人也能看。还有莫里斯·勒布朗写的侦探小说、鲁勒塔比伊的冒险系列，这些神乎其神的人物都来自、都属于20世纪二三十年代的法国。而我祖母的书架上全是这些作品。它们是经典文学作品的补充。我读的经典文学则来自我的曾祖父，都是些非常高雅的文本。而我祖母的书更大众化一些。除此之外，我读过的第一个比较复杂的作家是米肖，米肖之前还有一位挪威作家，名叫约翰·博耶尔。我是在一个很偶然的机会发现约翰·博耶尔的。我母亲常去市立图书馆借书。每次买东西回来，她都会捎书回来。她借什么我就读什么，其中有好有坏。这些书中有一本叫《变色龙》，它在我看来是最早的存在主义小说。这位作家没有写过其他小说，这是他唯一的作品。我吃惊地发现，原来一部小说可以有这么多可能性！在这之前，我读的小说都是在讲故事，但这本小说不讲故事，而是描写一个人的内心活动。这个人就像变色龙，每当他看见一个人，他就会去摹仿，他自己与看到的人相互混同、不分彼此，以至于有时显得很可笑，甚至令他处境艰难，因为人们以为他在开玩笑。所以我读了这本书就想：啊呀！原来除了讲故事——讲一个有开头、有过程、有结局的故事，文学还可以说别的；文学像是一场非常特殊的冒险。于是从那时起，我开始阅读真正严肃的作品，法国的存在主义小说《恶心》《墙》以及加缪的小说。同时我也读美国小说，福克纳、多斯·帕索斯，之后是纽约学派的作品，马拉默德和塞林格等。所以我越发开放地接受所有20世纪的作品，这对我来说是全新的，其中一些对我影响很大。比如，塞林格的《麦田里的守望者》，法国人翻译成《心灵捕手》。在这部小说里，作者——已经45或50岁的杰罗姆·大卫·塞林格钻进了一个16岁少年的身体里，以至于大家都觉得故事中的一切都出自一个16岁男孩之口。这实在让人讶异。还有他的短篇小说《为埃斯米而作——既有爱也有污秽凄苦》，作者在其中描写了战争期间的海明威。塞林格参加过第二次世界大战。在一群军官中间，突然冒出个傲慢的美国人，身上挂着子弹，手中拿着步枪，这就是海明威。所以在那篇小说里，我们认识了一个特别的海明威。所有这些小说都让我更广泛地接触到当代文学，让我认识到什么是当代文学。之后是中国文学。我很早就接触了中国文学。自从有了来中国的想法，我就开始读艾田蒲主编出版的“认识东方”丛书中的作品，特别是《西游记》《红楼梦》

这些中国经典名著。这同样也是一场在陌生世界的绝妙探险，双重的陌生，因为一方面是中文，另一方面又是古文，而古文的时代已经结束了。所以我觉得20世纪的文学对我非常重要。

许钧：你刚才谈到的都是你自己选择阅读的书，但也有些阅读是你必须完成的，因为你很长一段时间在伽利玛出版社供职，阅读别人寄给出版社的手稿。你也是许多文学奖评委，比如勒诺多奖，所以你也不得不读参赛作品。你还是一个法语世界文学奖的评委。所以你对文学界的动态很了解。那么无论是交到出版社或大奖委员会的手稿和书籍，从你读到的作品中，你有没有注意到文学中——无论是写作方法还是讲述的故事——存在的困境或问题？你有什么发现吗？

勒克莱齐奥：我想作为一个专业读者，我注意到的是，好作品经常会落选。这已经是一个非常大的困难了。我喜欢的作品，我感兴趣的作品，我都会推荐上去。可出版商不采用，因为他觉得这些书找不到受众。但如果人人都只去出版讨人喜欢的书，那就什么也出不成了，我们只会始终出版相同的东西。我最后放弃这个职业，更多是出于挫败感与气恼，而不是厌倦。因为其实我很喜欢阅读手稿。事实上比起成书我更喜欢读手稿，因为当时——现在大概不这样了——初稿是作者自己用打字机打出来的，上面还能闻到点烟草或香水的味道。光看着稿纸，我就可以想象那个人，想象之前的读者，他们曾经翻过稿件，折过页脚，有时还会在稿子里用红线画出语法错误。但这不过是第一个困难。另外一个困难，我觉得是作者对出版社的主动迎合。当然这些作品也不一定就会入选。这些作者总在重复同样的东西。有很多语言风格我很难接受，那些显然来自电视，或经常能从媒体上听到或读到的语言，人云亦云、毫无新意。我不是精英主义——我一点也不喜欢精英主义——我只是同意米肖的观点。米肖认为写作时,我们应该对自己写下的东西非常谨慎,不能始终老调重弹。作家不能落入窠臼。不幸的是,文学手稿里常常能看到这些。当然,即使在已经出版的文学作品里也存在这些问题。可以说目前法国出版的文学作品里,有许多书只是在沾沾自喜地自说自话,那些作家写的不是书,而是法语叫作"小册子"的东西。一本小册子,你很快就能读完,然后放到一边,接着就把它忘了。我觉得危险就在这里,甚至可以说这是一种交易:读者期待作者把自己生命的一部分拿出来给他们当食粮。读者在故事中认出了一些东西,他觉得感同身受,从而对作品赞赏有加,但这正是我不赞同的地方。这些在我看来都是人云亦云、老生常谈的东西,没有经过思考。我不是个爱说教的人,但我看书时总是期待惊喜。幸运的是,我读到的东西确实常常令我吃惊乃至震惊。所以说每看一本书都是一次冒险。

许钧：非常感谢。你看，时间已经很晚了。今天，我们先是谈到了你的创作，接着是你的写作方法，最后是阅读、影响和你的文学观。（勒克莱齐奥：你真的非常有条理。你有我所说的那种批评家的品质，但我觉得你比批评家更强，因为你还是个有诗意与文学冲动的人。）我非常喜欢你的作品。（勒克莱齐奥：我很荣幸。）所以我非常希望能解开你作品中的奥秘。你的写作个性鲜明，其中有一些为你所独有的元素，就像我刚才说的：节奏、音乐性、自发性、在语言的生命中展开的生命，换言之，就是人的生命与语言的生命合二为一。语言的界限，也就是一个人生命的边界。我非常感谢你。

勒克莱齐奥：不，不，应该是我感谢你才对，因为你是摆渡人，让我认识了中国，这对我很重要。因为这是我不曾期待也意想不到的。也许不能说意想不到，不过说到期待，这是期待一份对我一生来说都不平凡的礼物。因为我始终对中国抱着友好的态度，也对中国充满兴趣。我很久以前就这么想了，从我考虑旅行开始，我就希望能去中国。这是我认识世界的愿望中的一部分。因为中国是世界的组成部分，它如此切实地存在于现实之中。它不是一个想象的国度，而是完全真实的国度，有着现实的力量。对我来说，你就是摆渡人。我们第一次见面是在40年前。当时你还是在巴黎留学的年轻学生。我还记得那次会面，记得你当时立刻表现出的友好态度，你交流的真诚，你对巴黎人的友善。这一切给我留下了十分深刻的印象。那次会面再次坚定了我的决心，我希望有朝一日能来中国，能认识中国，真正的中国，真实的中国。

许钧：现在才开始，而且会继续下去的。

勒克莱齐奥：对我来说来得有点迟，但它来得正是时候。因为前几年我忙于各种事务，家事、文学上的事、我当时与出版社的关系，还有段时间我在美国和还在上学的女儿们在一起，诸如此类。所以这场与中国的相识来得正是时候。这是一份成熟的认可，它来得正好。所以非常感谢你。

（施雪莹译　曹丹红校）

文学，是诗意的历险

王永　勒克莱齐奥　毕飞宇　许钧

编者的话：文学是人类共同的精神家园。在文学创作的过程中作家不断地走向未知，而在文学翻译的过程中译家逐渐走进作家的心灵世界。作家、译家、读者因为文学建立起相互的联系，而清楚地认识文学创作和翻译中的矛盾关系，对于把握作品精神内涵至关重要。在浙江大学建校120周年纪念活动启动之际，法国当代作家、诺贝尔文学奖得主勒克莱齐奥，中国当代作家毕飞宇与法国文学翻译家许钧于2016年5月27日在浙江大学外语学院，结合中外文学创作和翻译的实际，从个人的经验出发，就影响文学创作的因素、译者与作者的关系、作品名字的构思、作者与人物的关系、文学的形式与意义、绘画与文学的关系、性别与文学的关系等问题进行了深入的对话。这场对话由浙江大学人文学部副主任王永教授主持。对话全文由浙江大学外语学院博士研究生薛倩根据录音整理。本次对话的法文翻译为浙江大学外语学院法语研究所赵佳副教授。

王永：各位老师、同学，大家上午好！今天有三位嘉宾来到我们身边，与我们做近距离的交流和对话。他们是诺贝尔文学奖获得者勒克莱齐奥先生，还有莫言先生昨天下午说他很崇拜的作家毕飞宇先生，以及学识渊博的许钧教授。

2008年诺贝尔文学奖颁奖词是这样描述勒克莱齐奥先生的："将多元文化和冒险精神融入创作，善于创新，喜爱诗一般的冒险。"我想这跟他的特殊生活经历是分不开的。他出生在二战时的法国尼斯，童年时代与父亲在非洲度过，先后到过泰国、香港、广州，在墨西哥生活期间收获了爱情。1990年代常住美国新墨西哥州以及毛里求斯。正是这样的个人经历，让他对非主流文明倍加关注，尤其是对弱势群体的关怀，这些在他的作品中都有充分的体现。勒克莱齐奥先生，我非常敬佩你，不仅因为你是一个伟大的作家，还因为你是一个伟大的旅行家。作为一个对这个世界充满好奇的人，我想知道，你人生各阶段的不同经历是否改变了你的信仰？

勒克莱齐奥：我的确有很多旅行的经历，但是对我来说，唯一的旅行还是文学。我从小到大走过很多地方，很多时候是出于经济上的原因，生活的原因。我在法国长大，后来去了非洲，那是因为我的父亲在那里工作。然后我又到了英国，在英国和美国的大学里都任教过，那是因为我在法国找不到工作。一方面确实是生活的原因，另一方面是我的确喜欢旅行。我喜欢从已知的生活中走出去，去发现新的世界。我在泰国也待过一年，学习过泰语。我在中国也待过很长时间，我现在正在学习中文。我在墨西哥也停留过，在那里学习了西班牙语。学习语言，我觉得，不仅仅是出于现实当中交流的需要，同时它可以使我直接阅读特定文化环境当中的原文，让我更好地理解这个国家的文学。我很喜欢中国诗人李白，对我而言，在李白的诗歌当中，我觉得不仅仅是在寻找诗歌的意义，同时，中国的象形文字在李白诗歌中的不同组合，也赋予他的诗歌一种视觉感。

刚刚你问到我生活当中有什么事件使我改变了我原先对生活的看法，我想列举我生活当中一个阶段。当时我经历了一个小小的危机，当时我觉得总是在自我重复，写不出新的东西。有一天，我进了巴拿马的一片森林，后来在那里生活了两三年。森林里原始部落的人没有书写的文学，但是他们有口口相传的文学。发现这样一种文学，给了我的创作新的生命力。我对创作又有信心了。从这个意义上来说,这次经历,这些人,改变了我。现在我在中国,我阅读了中国的文学作品,我和中国人进行交谈,跟各种不同的人进行交谈,我相信这种经历会使我发生改变。

王永:我们在座的很多人应该都读过毕飞宇先生的作品,他的著名作品有很多,我们喜爱的他的作品也很多。毕飞宇先生得过很多的奖,我想提其中的三个,发表在1996年《作家》杂志上的短篇小说《哺乳期的女人》获第一届鲁迅文学奖;发表在2001年第4期《人民文学》杂志上的中篇小说《玉米》获第三届鲁迅文学奖;2008年人民文学出版社出版的《推拿》获第八届茅盾文学奖。单个奖项拿出来都很重要,但难能可贵的是,分别以短篇、中篇、长篇三部作品获得国内的两大文学奖项,并非所有作家都可以做到。毕飞宇先生在不同类型的小说领域都有卓越贡献。我最先读到毕飞宇先生的作品，也是最先喜欢上的，是《玉米》，而感觉最震撼的还是《推拿》。你在小说《推拿》中对盲人的心理刻画及生活状态的描写，就像是自己的亲身经历一样。我觉得一般人的生活体验是无法感受到这一点的。请问《推拿》中你对特殊群体的这种爱和书写，与你大学毕业以后在南京特殊教育师范学校任教五年这段经历有没有关联？

毕飞宇：大家上午好。刚才主持人问我这段教师经历对我创作这部有关残疾人的小说有没有影响，我想诚实地说，直接的影响一点都没有。因为我在南京特殊教育师范学校当教师的时候，那个学校里面的学生不是残疾人，它是一所师范学校，这些学生毕业之后再去做残疾人的老师。所以我并不认识那些残疾人，这段经历跟我的职业没有直接关系。

聪明的同学一听就知道，既然没有直接关系，一定是有关系,否则就不叫直接关系。这种关系是人文意义上的关系,怎么样的人文意义关系呢?第一点,如果我没有那段时间的教学经历的话,也许我会自私得多,就觉得我们这个世界上生活的就是我们这些人。就因为有了这段经历,我的胸怀就要开阔一些,它就告诉我,这个世界不仅仅是你们这些普通人的,也是那些特殊人的。很多很多特殊人所共同建构起来的一个世界。那么作为一个作家,你在写作的时候永远要知道,我们的生活,我们的世界,是由许许多多不同的特殊性共同组合在一起的一个共生体。你永远不要自我感觉良好,这个世界就是你的,其实不是,这个世界是我们大家的。只不过那个"大家"在哪儿,你不一定知道。但总有一天,那个大家会走到你的面前来。第二点,因为我在南京特殊教育师范学校当过教师,替我按摩的那些盲人朋友,他们也是从正规学校毕业出来的,所以当他们一听到"毕飞宇"这个名字的时候,马上就知道,这个人做过我老师的老师。中国人是非常尊重老师的,把老师看作父亲,这一点非常重要。盲人因为生理的缺陷,非常多疑。他们不太愿意相信这个世界,他们不可能面对一个前来按摩的人就敞开自己的心扉。他不仅不愿意敞开,甚至有可能刻意地隐瞒一些内心的动态。如果我不是这样一个特殊的身份,他们就不会信任我,他们就不会对我敞开心扉,那我也就没有机会了解他们和走进他们的内心,我也就没有机会写《推拿》,我也就没有机会得到茅盾文学奖,谢谢。

王永:许钧教授是法兰西金质教育勋章获得者,我国著名翻译家,是《追忆似水年华》《不能承受的生命之轻》等文学名著的译者,也是他把勒克莱齐奥先生的《诉讼笔录》等多部作品译介到中国,让中国的广大读者有幸读到勒克莱齐奥先生的作品。有一个关于“诗歌的漂流瓶”的寓言,是说诗人在世的时候在挑选他的读者，因为很少有读者能够读懂他的作品，所以他在临死前会把自己的作品放到漂流瓶里面，他把它放到海里，当若干年后的有一天，或许那时候认识他的人已经不在了，在海滩上有个人拾到了这个漂流瓶并且打开了它，然后这个人就读懂了他。许钧老师，是什么原因让你选择翻译勒克莱齐奥先生的《诉讼笔录》?

许钧：我翻译勒克莱齐奥先生的第一部作品是《沙漠》。但是《诉讼笔录》是我读到的勒克莱齐奥先生的第一部小说。那时我在法国留学，是在1977年，“文化大革命”刚刚结束，外国文学作品几乎还看不到。就是在那个时候，我接触到这样一部法国文学作品，它具有革命性，具有新小说形式，而且具有思想叛逆性。当时我的感受只能用“不懂”两个字来形容，于是我就放下了。但是到了1980年的时候，他又写了一部小说，获得了法兰西学士院保尔·莫朗奖，那部小说就是《沙漠》。正是因为我看到了小说作者的名字是勒克莱齐奥，就是写《诉讼笔录》的那个作家，我才读了它。我发现他这部小说，我读进去了。这部小说跟以前的风格不一样，而且已经有故事了。书中写两个故事，是平行的，像这样一部小说的出现，让我感觉为之一振。我记得很清楚，读完小说以后，我写了15 000多字的梗概，然后又翻译了3万字交给出版社，然后还跟我的合作者钱林森老师写了一篇非常重要的推荐书，说“它揭露了现代社会的弊病，它揭露了资本主义的罪恶，它很有思想性，但同时它非常美”。后来，钱林森老师写了一篇评论文章《美与刺的统一——读法国当代小说〈沙漠的女儿〉》。

读勒克莱齐奥的小说，从第一部开始，为什么能记住他，就是因为读过《诉讼笔录》后，会永远记得里面有个人物叫亚当。你可以不懂他，也可以觉得跟他特别不亲近，但是你会发现你读了以后永远不可能忘记。一个不知道是从军营里还是疯人院里走出来的人，跟整个社会格格不入，但是对于社会他具有清醒的认识。当所有的人认为他是个疯子的时候，实际上他是在这个所谓的疯狂世界当中最清醒的。这种思辨使勒克莱齐奥成了我探索的对象。只要看到他的书我就一定会去读，而且一定会去想办法翻译。《战争》也是非常难读的一部书，战争无处不在，我们所创造的一切，说不定哪一天都会反过来成为我们的敌人。我想他作品中那种寓言性的东西到今天都特别重要，比如说机器人，不知道哪一天它是不是会成为我们人类的终结者。当我们失去了双手双脚，当我们的头脑被机器人取代的时候，人类会走向何处？所以，勒克莱齐奥写战争，对于我来说，就具有一种寓言性的力量，我们一定要保持警戒性和危机感。读一个人的书，可能就是走进他的精神世界。作家对这个世界有思考，有揭示。这个世界对一个作家来说不是抽象的东西，世界对他有强大的感染力，而他对世界有敏锐的捕捉。这些细腻的感受会唤起我们身上的某种反应。我认为一个好的作家,不仅要在思想上震动你漠然的心,而且要能打开你的视界,让你的感官跟他一样向整个世界打开,去感觉,然后去思考。所以作为一个翻译家,一个读书人,特别幸运,谢谢。

毕飞宇:我补充一点,许钧老师不仅是我的老师,我们还是好朋友。我大概是所有中国作家里面,最早阅读勒克莱齐奥先生的作品的中国作家。就是因为许钧教授是我的好朋友。在他得诺贝尔奖之前十多年,1990年代,我就阅读了勒克莱齐奥先生。他给我的感觉就是法国版的文学版的康德,阅读他的作品是特别考验人的脑力和智力的,他的小说人物一般来说都是漂移的、动荡的、寻找的。

薛倩:毕飞宇先生在散文集《写满字的空间》中谈

到米兰·昆德拉的作品《无知》时说:“这本书可以取许许多多的书名,可以是青春的,可以是史诗的,可以是激情的,可以是老气横秋的,等等,最后他却取了一个不着四六的……如果我是昆德拉,我绝不敢放纵自己的感性。”这一段非常思辨的、诙谐的语言让我印象深刻,同时又让我想起了一直以来关于文学作品的名字如何构思的问题。我想请问毕飞宇先生和勒克莱齐奥先生,可否以你们的代表作或者特别重要的作品为例,跟我们分享一下一部作品的名字从何而来?作为一个不通法语的人,只能依赖于翻译家的译介来阅读法国文学。我也想请许钧老师谈一谈,在翻译这些作品的名字时,你是如何保持它的意义、情感、美感不缺失的呢?

勒克莱齐奥:首先我想回应一下毕飞宇先生刚才说的我的小说当中空间移动的话题,一个人物为什么会固定于一个地点,或者相对在不同的地点之间移动。我的作品呈现这种特点，是因为我的生平比较复杂，我是在毛里求斯岛出生的，但是我在法国长大，所以初到法国，我就感觉自己是个外国人，同时对毛里求斯的回忆又显得模糊而不真实。正是这样一种经历，使得我的小说中的人物很难在一个地点固定下来。

我很喜欢毕飞宇先生的作品。他的作品中描写了中国历史上比较重要的阶段，就是他刚才提到的1990年代，人们生活在这个阶段的环境中会感到一种约束，但同时对国家充满了爱。我本人对这种感情也感同身受。我刚才提到了我的童年是在毛里求斯，我想说，童年的经历对一个人的创作有很大的影响。正是在那个阶段我们开始形成自己的人格，并且开始接受教育。所以，那个阶段对于我们的创作来说是很重要的。

关于小说如何取名这个问题，我先举一个例子，就是毕飞宇先生的小说《推拿》。这部小说在法国并不直接翻译为《推拿》，而是翻译成《盲人》。因为从中国到法国，文化语境发生了变化。在法国，推拿工作者不是盲人，因此人们去推拿，很难见到盲人从事推拿工作。为了让法国读者更好地理解这部作品，就必须把他们无法理解的内容提到题目上来，因此小说名译作《盲人》。我来到中国，虽然没有去过按摩院，但是因为在南京大学教书时，我观察到学校周边有一些按摩院，我常常看到那些盲人按摩师受到顾客的尊敬，也就是说，这些盲人并不被社会视为弱者或者残疾人，相反，他们在社会中起到了一定的作用，他们受人尊敬。

毕飞宇：我给小说取名的时候，情况很复杂。比方说《玉米》，我还不知道《玉米》要写什么的时候，我突然觉得，“玉米”这个汉语里的常用词是个姑娘的名字。我就产生了这样一个信念，它是一个人的名字。其实按照汉语来讲，用玉米来做一个女孩的名字是不着四六的。可就在那个刹那，我疯魔了一样，我就觉得它是一个人，然后它就成了一个人。然后这个人的命运，这个人的故事就此展开。反过来，另外一个极端的例子，就是《青衣》。《青衣》的小说我已经写完了，它有4万字，我用了一个月把它写完。写完之后直到找到“青衣”这个名字，用了四十多天。那时候，每天除了睡觉之外就在寻思这小说到底起一个什么名字才好，却怎么也想不出来。我起了名字之后，总觉得跟我这部小说不贴切，不像。当“青衣”这两个字出现了以后，我觉得就是它。所以如果你要问我起名有什么诀窍，我想告诉你，拿一台相机，去拍照片。当你拍了一天照片之后你就对着自己拍，你就会找到给小说起名字的诀窍。用相机拍自己，一天可以拍1 000张。愚蠢的人会挑选显得自己很漂亮的照片，但是换一个思路你会发现，一天照片拍下来以后，从不同的角度看，同样都是自己，有一些像自己，有一些不太那么像自己，有一两张相片特别像自己，就是自己脸上最经典的神态。我的意思是，无论是写作过程中寻找一个词也好，还是小说取名字也好，你要产生这样的判断，他们得像，并不是随便一张照片上的那个人就是你。有时候同一天拍出来的照片，真不像你，这个关键也取决于运气，如何能够刚好抓到特别像的部分。这一点我觉得至关重要，谢谢。

许钧：取名是一个非常有趣的问题，因为无论对作家还是翻译家，一部作品的名字非常重要。大家知道，就像给一个人起名字，影响的因素是很多的。父母、长辈、朋友各执己见，最后起到一个你满意的名字，家长可能不满意。所以取名的时候，比如勒克莱齐奥先生第一部小说《诉讼笔录》的名字，实际上叫作《蚂蚁王国的诉讼笔录》。他把人看作芸芸众生，像蚂蚁一样，在这当中他发出一种强有力的声音，可最后出版社没有同意这个名字。毕飞宇先生是个起小说名字的高手，比如黄蓓佳的小说《目光一样透明》，就是请他起的。很多作家都会面对起名这个难题，再比如左拉的小说《萌芽》，他不知道起过多少名字，大概有几十个。

对于一个翻译家，翻译小说的名字，正如刚才谈到的，要服水土。这种水土是精神的、文化的，只要是翻译的作品，因为它所处的文化环境、接受心理变了，服水土很重要。就像刚才勒克莱齐奥先生说的，为什么要把《推拿》变成《盲人》？看到这两个名字，你想象到的不一样。第二个，作为译者，要忠实地传达作者的意图。因为看到一个名字，你就会产生联想，有时候甚至会觉得这个名字起得不美，比如说“刘阿猪”“李阿狗”。有人会觉得父母为什么会给孩子取这样的名字，甚至想要帮他改掉，实际上这些名字寄托了父母对孩子快乐成长、健康长寿的希望。所以对于作者给作品取的名字，你不要随意嫌弃它，作者有作者的追求。比如说我们中国现在已经翻译出版的一部书《追忆似水年华》。就我本人而言，我还是更喜欢普鲁斯特自己取的名字《追寻失去的时光》。你们现在想一下，如果倒回去20年，好像《追忆似水年华》让人觉得特别充满诗意，符合中国人的审美意识。但是20年后，随着我们对西方社会了解的不断加深，我们对人自身的思考不断地增加，现在把它翻译成《追寻失去的时光》，就比较容易接受。特别是对失去的时间的追寻，恰恰又符合普鲁斯特对时间的思考与书写，你就会觉得如果把书名换回来是多么的好。我在翻译书名的时候，有两点是我特别需要考虑的，非常重要：一是要真正进入作者的精神世界，准确把握他的意图；二是要进入一个国家的文化。这两者解决了，我觉得平衡就可以找到了。

对我来说，取名字是个非常讲原则的问题，是不能够妥协的。比如说，昆德拉的《不能承受的生命之轻》。因为韩少功翻译在前，已经翻译成《生命中不能承受之轻》了，包括现在一批老的作家，最早读过他的译本，说起这部书，名字都是不变的，还是《生命中不能承受之轻》，哪怕有的读的是我的译本。我当时接受翻译，就觉得要把这个书名改掉。我最早想改为《不能承受的存在之轻》，但是考虑到在中国人的生活中，“生命”这两个字有比较广的含义，也有“存在”的意思，文化的因素很重要，既然读者已经接受了，我就做一点点妥协，没有用“存在”这个词，而是保留了韩少功翻译的“生命”一词。但是《生命中不能承受之轻》我不愿意接受，我要改为《不能承受的生命之轻》。这两种翻译之间的差异是非常大的，以至于很多读者在网络上说，如果说你把这个名字变了，那你的译本我不买账。我觉得没有关系，我绝对不能随便地把我的翻译理念，把我对这部作品的理解，作为一种商品来交易。

苏忱：许钧老师刚才讲到《追忆似水年华》，让我想到不同的时间阅读相同的作品体会也是不一样的。时间是个神奇的东西。而毕飞宇先生在小说《推拿》中把人物小马描写得很魔幻，特别是他对时间的感知，刚开始他感觉时间是囚徒，后来时间不断地变幻。我很好奇，你对时间哲学性的思考是怎么产生的？后来读你的博客，你写读《时间简史》，你说读不懂，但是你从儿时对母亲一块手表引发的对时间的理解阐释出来，而小马和你博客中对时间的理解很多是重合的。你也曾提到过，《玉秀》创作时经历了一些波折，玉秀这个人物对你是一种反哺的关系。你怎么看作者和作品人物之间的关系？另外，我们在读文学作品的时候会有很多视角，有全知全能的视角、第一人称的视角或者第三人称限制视角，我发现你经常喜欢在作品中使用全知全能的视角，你经常把自己对生活、对细小事件的哲学性思考放进人物的思考，你是否试图放弃对人物的控制，还给人物自己的声音？

毕飞宇：你可不要小瞧了作家和他作品的关系。

对于一个泛泛而谈的写作者来讲，作者跟作品的关系也许是空洞的；但是对于另一批作者来说，他们与作品的关系就是哲学的关系。比如我们就说勒克莱齐奥先生的作品。你看他的作品时，有没有注意到与我的小说的不同？我的小说人物通常是固定在某个地点上的，勒克莱齐奥小说的人物一般来说都是漂移的、动荡的、寻找的。如果你是一个很有眼光的读者，你就会发现，这里面其实是有哲学的。勒克莱齐奥先生的小说可能更多在意的是寻找，而我的小说更多在意的是一种悲观的哲学和一种悲观的情绪。它被控制，它动不了，它是失去自由的。第二个，你问我的小说为什么都是全知的视角，这就牵扯到一个作家跟他所处的文学环境的关系。我的处女作是1991年发表的，那个时候你还年轻，你还不能看小说，甚至可能还没出生。如果你现在去图书馆，把1990年代整个中国文学的期刊拿出来看，你会发现一件惊人的事情。你会发现那个时候中国小说第一人称特别多,实际上那个时期我的小说也是第一人称的。但是我很快发现了一个问题:我为什么要跟全中国那么多作家一样的写法?我为什么就不能换一个视角来写作?这就是原因,谢谢。

王永:毕飞宇先生讲到勒老文学作品中漫游的形象,很多作品的主人公都是在行进的过程中。毕飞宇先生刚才的一番回答给我的启示,原来是一个哲学探索的过程。

高奋:英国有两位艺术家曾经说艺术是“有意味的形式”,勒克莱齐奥先生是否同意?如果你同意的话,对你来说文学作品的意味是什么?你一直追寻的目标是什么?形式作为一种重要的因素,它应该是由什么构成的?是不是应该像亚里士多德在《诗学》中说的六大成分?这种包含人物、情节等传统的形式已经延续千年，对你来说形式最重要的是什么？形式和意味是以什么样的方式契合最好？诺贝尔文学奖给你的颁奖词里说你的作品是“诗一般的冒险”，而冒险跟诗未必能契合到一起。你作品中的诗意究竟以什么样的方式体现？

勒克莱齐奥：回应内容和形式的关系，我想对小说和诗歌做一个区分。诗歌当中的形式更重要一些，尤其是刚才提到的布莱克，还有我喜欢的泰戈尔和爱伦·坡，他们的诗歌当中就有很强的节奏感和音乐性。中国的古代诗歌当中也是很讲求音律的，有非常严格的形式上的规则。小说的形式就更加散漫一些，甚至是无形的。小说在当今时代取得了巨大的成功，我认为很大程度上就因为小说打破了文学类型之间的界限。小说既可以采取诗歌的形式，甚至可以融入报刊、食谱等元素在里面，这些都可以进入小说当中。我非常喜欢的一个作家詹姆斯·乔伊斯，他在小说《芬尼根守灵夜》中很好地结合了形式和意义。这部小说讲述了发生在都柏林的一个醉汉的故事，他喝得醉醺醺，最后死去。他的伙伴们跑过来为他守灵。一滴威士忌酒滴到了棺材上面，滴到他身上，他闻到酒香一下子跳了起来，走到大街上。我认为乔伊斯的这部小说体现了现代小说的精神，是现代小说的典范。因为这部小说并不只在于呈现和再现一种文化，又或者是一种政治上的意义，它更多的是重新整合一种现实，把现实中的各种维度重新整合起来。我刚才所说的小说在欧洲文化、文学，在当代文学中占到很大比例，但是在其他文化当中不一定如此。比如在阿拉伯文学当中，诗歌就要比小说重要得多。在当代西方文学当中，小说占据了第一的位置，但是谁又能保证这种优势能够一直保持？也许很多年之后，我们又重新回归到诗歌。

许钧：关于勒克莱齐奥先生小说诗意的问题，其实诺贝尔文学奖的颁奖词经过法语、英语到中文的翻译，国内有很多翻译版本。第一个非常重要的点，叫作不断超越过去的东西，叫作断裂。今天上午跟毕飞宇先生谈写作的时候还说到，一个作家，往往是不太愿意重复的。他们每做一次讲座，都要寻找一样新的东西，不愿意重复。勒克莱齐奥先生也是这样。请他在南京大学开课，他三年开了三门不同的课。断裂，就是不重复过去，拉开距离。第二个非常重要的点，我会给它翻译成“诗意的历险”，它不是冒险而是历险。历险是一种走向未知。我们人类永远在走向未知。对于作家来说，走向未知是最主要的。已经知道的事情对他们来说没有任何挑战。恰恰在文学的领域里，为什么说这种对未知的探索是诗意的呢？诗意的东西，一定是带有某种理想的。所以我觉得这种诗意代表的也是一种精神。第三个特别重要的点，就是他的小说里面对于主流文明之下和之外的一种文明的关注和探索。所以阅读和理解他的小说，这是三位一体的，不是一部小说这样一部小说那样。

他的小说确实都充满诗意，即使《诉讼笔录》也是充满诗意的。这种诗意体现在哪里呢？第一，我认为要讲诗意，我们表达的语言要有原初的语言的那份真那份力量。德国汉学家顾彬对我们中国的作家有过非常严肃的批评，说中国作家语言不行。这些批评首先是德国作家对自己写作的反思，因为在希特勒时代，意识形态禁锢了人们的大脑，更是控制了人的语言。所以他们的写作语言中，有假话、空话、套话。我们中国的一批作家，在“文化大革命”前后，也都有这个问题。我觉得他批评的是非常对的。不知大家有没有发现，人的语言就像变色龙。你在家说的是一套语言，会议上说的是另一套语言，跟学生说的又是一套语言。所以要想让诗意存在，就必须让原初语言爆发。让每个字都能唱歌，让它跳舞，让它随着我们的心波动。你读勒克莱齐奥的小说，这一点是非常明显的。每一个词都有力量，在《战争》当中他说，要让每一个词成为武器。他的诗意第二个来源是浪漫性。我们不禁要问，人的浪漫性到底是什么？愿意为真理而死是浪漫的。一个现实的人跟一个浪漫的人的区别，就在于他会苟且偷生。一个好的作家，他真的愿意追求真理，为它而死，这就是浪漫性。浪漫性还是绝望中的希望。所以你看他的小说中的人物，没有一个是绝望的。哪怕离开，哪怕死去，都给大家带来希望。他在不断的寻找当中，不断地带来希望。这两者对于写作来说很重要，判断一个作家好不好，这一点不能忽视。很多人的写作，甚至在原初的写作动机当中，就是与社会的一种妥协，一种苟且偷生。相反，勒克莱齐奥的小说格调特别的高。再比如毕飞宇的小说，像《哺乳期的女人》，我觉得他在其中提出了两个问题，第一个叫作人性的思考。哺乳期的女人，是最能代表母性的。还有小孩失去了父爱以后，离开母亲，在空巢的、留守的、没有父母的情况下，尖锐地提出了“真”的问题。我国农村那些留守的、没有父爱母爱的孩子，有很多问题，毕飞宇20年前就给我们提出了这个问题，我们到现在也在面临这个问题。第三点，勒克莱齐奥的小说，虽然他自己说形式不重要，但是形式是有体现的。这种形式的体现不是那种精心的安排，大家知道诗意往往来源于无意识和不经意中，精心刻意的东西往往没有好结果。他的小说在形式上有一种重复的力量。比如他的小说《乌拉尼亚》里面写到味道，说闻到烟味就想到了战争年代，闻到了战争硝烟味，闻到了那个时代的味。他在《寻金者》里，就写声音。从第一句开始到最后一句，声音是回环往复的。第一句就写：在我的记忆深处，我仿佛还能听到大海的声音。到最后，他寻金不成走向另外一条道路的时候，回响的还是大海的声音，更有意思的是，还有母亲的声音。大家知道法语里大海和母亲两个词的发音是一样的，所以在词语的反复之中，形成一种回旋。这种回旋从词的韵律上来讲，非常有节奏性，非常有回味，有诗意，更重要的是对于人生的回旋、回忆的回旋。这种前后相接，可能达到一种诗性的美。第四点，在他的写作中充满了音乐性。关于这一点，勒克莱齐奥写过一篇文章，说突然有一天，他读到普鲁斯特《追忆似水年华》中有关《凡德伊的奏鸣曲》的段落，小说描述在府邸门口，忽然响起一阵铃声，在那铃声中他悟到了小说当中音乐性的重要性。最后一点，就是他的小说写作当中节奏的把控。节奏很重要，有人生的节奏，生命的节奏，生活的节奏，小说创作对节奏的把握很难，但是特别重要。小说家创作的节奏哪里来？首先要有底气。有底气的人才有节奏。一个好的作家是有底气的。诗意，实际上“诗”跟这种“气”有很大的关联。勒克莱齐奥自己也说过，中文里“气”这个字他觉得很奇妙。有诗意的人才有节奏。有些人一天到晚板着一张脸，而有诗意的人有哭有笑，那是人的情感真实的表露。一个有诗意的人是不会永远哭下去的，总会有笑的时候。而写作中这种节奏呢，实际上有小说家对人物命运的一种把握。因为对小说的把握，就是对人物命运的把握，就是对自己命运的把握。如果要讲诗意，我们国内的很多东西，包括很多研究，都过于形式化，没有深入到我们生命的深处。语言就是我们的生命啊！我们应该有理想，有追求，我们心中应该有求真的激情，有对美的事物的赞美，在绝望中燃起希望，每天生活中有回旋的歌声，让我们的生活真的富有某种诗意。谢谢。

勒克莱齐奥：我非常感谢许钧先生刚才对我的作品的解读。他同时也对毕飞宇先生的作品进行了解读。我想说，在我的创作过程当中，许钧先生刚才提到的这些元素，我在写作的时候并没有刻意去想，是不由自主就流露出来的。许钧先生刚才对这些元素进行了非常理性的归纳,我觉得非常满意,非常感谢。

毕飞宇:许钧老师刚才总结得特别好,我想做一点补充。我也写小说,读勒克莱齐奥先生的小说。以《流浪的星星》和《奥尼恰》来做例子的话,这种诗意的表达,如果我们是聪明的读者,我们很快会发现一个什么问题呢?许多欧美的小说,如果写人和自然的关系,通常是花个两页三页先把环境、风景交代清楚,然后底下花十页二十页三十页全部是写人物关系或是人物内心的。勒克莱齐奥先生的《流浪的星星》和《奥尼恰》几乎不这么干。你会发现,他对人物和环境的描写在每一页里头都是一体的。再去读这两部小说,你去注意一下,很难看到人物跟他周边的环境失去联系了,人物始终在环境里面。他小说的这个非常重要的特点,在我看来,这样的表述是非常有诗意的,也许勒克莱齐奥先生也没有这么想。同时,我要重复一下许钧教授刚才的话。他把人物放到环境里面,哪怕人物是在逃亡过程当中,因为作者不停地对环境加以描绘,加以交代,风啊,海浪啊,阳光啊,云朵啊,夕阳啊,朝霞啊,因为有这些东西的存在,你就始终觉得小说里面有另外一个人存在,他很有力量,即使逃亡也是温暖的,也是有希望的。这一点,从我一个写作的人来讲,至关重要。我就想补充这一点,谢谢。

王永:诗意其实可以归结为一个字,就是“真”,真实地表达内心的爱和追寻。这里面,许钧老师刚才就提到了一个语言的问题。其实我也注意到勒克莱齐奥先生早期的小说《发烧》,他在前言里面提到:写作其实就是用词语进行探索,深入细致地研究并描绘,紧紧抓住词语,毫不通融地抓住现实。这也强调了语言的真实表达对文学作品的重要性。我比较熟悉的一位俄罗斯诗人，他后来去了美国，他叫布罗茨基，他也讲到过词语的重要性。他说，借助一个词，一个韵脚，写诗的人可以到达任何人都无法到达的地方。这就是语言的魅力，语言可以到达无限远的地方。

向玲玲：刚才许钧老师说，对一个作家来说，最重要的是走向未知。对我来说，中篇小说和长篇小说的创作是很神奇的事情。这种创作需要作家有很强的掌控力和一种持续的激情。在创作开头的时候，这部作品是已知的还是未知的呢？是作品的框架结构都已经清晰了，人物的命运等已经胸有成竹了，还是强大的激烈的情感促使作家一定要写这部作品，心里对这部作品很多部分却是未知的呢？

毕飞宇：谢谢。针对这个问题，可能每个作家的情况真的不一样。对我来讲，到底是已知还是未知，我还是用一个比喻来告诉你。你看看那扇窗户上面的玻璃。通常我决定写小说的时候，那个感觉就是，我坐在窗户里头向窗外看，但不幸的是，那扇窗户上不仅有玻璃，而且是块毛玻璃。感觉是似是而非的存在，是一个动态，我是不确定的，然后通过整个写作的过程，慢慢地把毛玻璃变成了玻璃。这个比喻是对于我个人来讲，最为恰当的一个比喻。你说一切都不知道，让我去写，就是靠极限的那种写法，其实我不太相信，那可能是作家的一种表述。你说你在家里面，尤其是一个长篇，你把每一个细节全部想好了，每个人物的动态全想好了，每一种情绪的变化全都想好了，这也不现实。所以我就觉得写作是由毛玻璃转向玻璃的过程，由不清晰转向清晰的过程。再这么说吧，你在拍照片的时候，用传统的相机，把镜头不停地转呀转，最后你终于按下去了。这个过程就是一个创作的过程，也是一个享受的过程。谢谢。

薛冉冉：请问毕飞宇老师，你觉得性别在文学创作和文学接受过程中起着什么作用？

毕飞宇：性别在文学当中作用是巨大的。在我心目当中，文学不是一个没有性别的东西。在我心目当中，我愿意把文学看作是女性的。也许有人看来，比如像海明威这样的作家，他的文学他的小说更接近于男性。但是从我开始选择文学，我是把自己看成一个弱者的，去选择生活这样一个途径，去选择了文学。如果我没有发现文学身上的这个女性特征和母性特征，也许我不会选择它。虽然我这么看不一定科学，也许其他的作家会做另外的选择，但是对我来讲，它永远是这样的。我想，哪怕到我死的那一天，在我的心目当中，文学都是女性的，文学都是母性的。

勒克莱齐奥：刚刚毕飞宇把文学比作女性，他认为文学当中有母性的色彩，我觉得这是一个非常美的意象。女性在生活当中有一些经历是不为男性所知的。作为一个男性作家，我在创作过程当中，很像感受女性怀孕到生产的过程。过程中有非常沉重的身体的状态部分，我在写作过程中也会感受到吃力的这部分。所以说，无论是孕育一个生命，还是孕育一部作品，其实这里面有很类似的东西。当然我这个比喻没有经过很充分的思考，而是我偶然想到的。但是就像一个母亲在生产之后看到自己的孩子会感受到巨大的欢乐一样，作为一个作家，一旦我的作品完成之后，我也会感到无比的欣喜。

王永：文学与女性之间有一个巧合。"文学"这个词不论是在法语、德语还是俄语里都是一个阴性的单词，也就是女性的，或许在人类文明的历史长河中，文学与女性之间早就有了这种密不可分的联系。毕飞宇先生讲到的拍摄自己的照片里面有的形似有的神似，其实就让我联想到了写实主义的肖像画和立体主义的肖像画。立体主义的肖像画神似之处恰好反映出一个人的精神和内心。勒克莱齐奥先生，你在韩国梨花女子大学讲课的时候，不仅涉及文学还涉及绘画，而在南京大学你教的是美术，我关注你的作品《迭戈和弗里达》，这两位是墨西哥著名画家。我想绘画可能在你的生活中起到了非常重要的作用。请你谈谈绘画在你的生活和你的文学创作中的位置。

勒克莱齐奥：学习外语和学习外国文化，对于维持世界和平是非常重要的。同时，这也是让我们认识自己，以及互相了解的方式，只有理解不同的文化，才能维持世界的和平。

我认为艺术是一门非常世界化的语言，它是全世界人民都共享的。而且，艺术是一种直接的交流，我们通过绘画获得彼此直接的沟通。它并不直接诉诸语言，它诉诸图像，所以我们把它称为“图像的艺术”。我认为，绘画代表了一个国家的文化，所以通过绘画，我们可以探索一个有别于我们本国文化的外国文化。我非常喜欢的一位法国诗人、作家亨利·米肖，他就很喜欢绘画艺术，尤其从东方绘画中获得了很多灵感。他曾经说过一句话，我印象深刻，他说：“当我画画的时候，我就关上了语言的门。”我觉得他这句话，在中国绘画中并不太适用，因为在中国古代绘画中，我们经常可以看到文字，文字和绘画十分融洽地结合在一起。所以我想，图像应该可以为我们打开另一扇通向文字的大门，中国绘画在很多地方值得西方的绘画学习借鉴。

讲到我的《迭戈和弗里达》那本书，那两位墨西哥画家弗里达·卡洛和迭戈·里维拉分别代表了两种不同的趋向。迭戈可以说是为政府服务的一位画家。他的画作讲述了很多关于墨西哥的战争和革命的故事。

他发明了一种“墙上艺术”，这种墙上绘画以墙为底而作，从而起到向大众宣传的作用。弗里达恰好相反，她并不展现现实中的革命，她展现的是人内心的革命。她是一个生活艰辛的女性，身体上有残疾，精神上承受着非常大的痛苦。她身心上的痛苦，她的处境，通过绘画展现出来。她画作上的字不单是用来解释绘画的，同时也用来表达她内心的情感。

关于文学和绘画之间紧密的关系，不得不提到我尤其喜欢的一类书籍，这类书籍往往具有可视性，也就是说在这类书籍中有一定的视像元素。我很欣赏既是作家又是画家的人，比如像英国诗人布莱克，他的诗歌充满了韵律，充满了音乐性，但他同时又是一个大画家，他把绘画和文字结合得很好。我还很喜欢卡罗尔所说的一句话，他说：“如果一本书中没有图像，那么这本书能够用来做什么呢？”

万安迪：勒克莱齐奥先生，如果有研究生、博士生走到你的面前，说想要研究你的文学作品，你会怎么回答？

勒克莱齐奥：我会非常高兴并且非常荣幸地接待这些想要对我的作品进行研究的学生。我曾经也是学生，我永远不会忘记我的学生时代，那时候我选择研究的作家是法国作家亨利·米肖。当时我向他提了不少问题，也打扰了他很多。所以我对学生时代记忆深刻，我觉得这是人生当中一个非常重要的阶段。这是你们今后走向成功过程中一个非常重要的时段。所以我不仅会非常热情地接待所有想要研究我的作品的学者和学生，同时我会回答你们所有的问题。

王永：这样不同的选择可能代表了中国和西方两种不同的文化。对一件事情的态度，可能做传统研究的学者对传统的坚守会更坚决一些，而学习外语的人可能会更开放一些，面对现实生活中很多悲观的东西，我们的态度往往是积极的、乐观的。现实生活中往往有很多的困难，关键是如何面对这些困难，这是我们应该从我们的学习和研究中获得的。

各位老师、各位同学，虽然近两小时的对话意犹未尽，但是我们实际上已经享用了一顿特别丰盛的精神大餐。虽然对话的时间有限，但文学创作与文学翻译的话题却没有穷尽。只要有未知的生活存在，精神生活的需求必然绵延不绝。文学是人类共同的精神家园，是满怀希望的、诗意的历险：创作是作家的哲学思考；阅读是读者与作者的精神交流；翻译是译者与作者的心灵互动。

（薛倩　整理）

语言、写作与创造

杜青钢　勒克莱齐奥　许钧

编者的话：2016年11月26日，2008年诺贝尔文学奖得主勒克莱齐奥与浙江大学文科资深教授许钧应武汉大学外语学院杜青钢院长邀请，访问武汉大学，与武汉大学外语学院的师生进行了交流，就语言、写作与创造等问题展开了一场深入的对话。本文由武汉大学外语学院博士研究生范舒扬与杨珮艺根据现场对话的录音整理、翻译而成。

杜青钢：大家好。如你们所知，勒克莱齐奥先生是一位享誉中外的大作家。许钧先生是一位教授、翻译家和学者，在国内外都享有盛名。然而于我们三人而言，最值得感到光荣的称谓是“朋友”，我们是好朋友。自从开始写《字行天下》这本书，我便相信冥冥之中自有天意。比如说，过去一整个礼拜都潮湿阴冷，但勒克莱齐奥先生和许钧先生一来，天就放晴了。今天天气真好。当然，即便是朋友间也应该说声“谢谢”。所以我以我们学生的名义，以武汉大学的名义，向二位好友的莅临表示由衷的感谢。接下来，我们将以“写作与创造”为主题，进行一场三人对话。写作本质上来说是一场现实与想象之间饱含深意的游戏。对我来说，更像是谎言与现实之间的游戏。一位伟大的艺术家曾说过：“艺术是谎言，但它陈述真理。”这让我想起勒克莱齐奥先生的一句话：“作家、诗人、小说家，都是创造者。他们并不发明语言，而是运用语言创造出美、思想和画面。”现在，有请勒克莱齐奥先生为我们讲讲他对于写作与创造的想法。

勒克莱齐奥：你们好！我恐怕很难贡献什么新观点了……毕竟我的朋友杜先生已经用很精练的语言道出了话题的核心。我就讲讲语言里我喜欢的东西好了。语言不是一种简单的物质。孩童学习说话，然后学习书写，这是一个相当困难的学习过程，需要付出很大的努力。不少孩子在六七岁的时候会遇到一个学习瓶颈，让他们很难继续下去。我有一个朋友的孩子就是这样，受了不少罪。他明白我们对他说的所有内容但就是无法开口说话，他表达困难，还有点口吃。某天天气不错，我和他在街上走着，他看见一盏路灯，指着路灯说出了人生第一个单词——“光”。不是“爸爸”也不是“妈妈”，他说出的第一个单词是“光”。他当时差不多七岁，而直到那个时候，我们都以为他永远无法开口说话了。所以语言能使我们认识现实，并最终促使我们建立起自我与世界的关联。这个男孩后来成了一位物理学家，专攻电力。有些神奇的事发生在他身上。因此，我觉得语言是一种重要的教育，是身份认同的源头，语言有其深层的意义在。假如没有语言，我们便会失去身份，失去名字，失去职能。而写作和创造，同样也是一种创造身份、联结个人与世界的方式。我自己的情况就有点类似这样，因为我在识字之前就会写字了，对我来说写作比阅读早。也许这就是为什么我决定成为作家，而不是律师或者歌手。

许钧：我接着勒克莱齐奥先生的话来说。刚才杜先生提到了写作与创造的关系，作为读者，我被勒老创造的语言多样性所深深震撼。我发现在他漫长的写作生涯中，他始终知道如何与所有人对话。他懂得与孩子对话。比如昨天，我们参观了小弗米幼儿园。我们在那儿待了一个半小时，这位76岁的长者与3岁小朋友愉快沟通。他笑着对他们说话，流露出了对孩子们的喜爱，他甚至背诵了3岁孩子写的小诗。伴着勒老的《树国之旅》，孩子们度过了妙不可言的美好时光。勒老不仅懂得与他所熟悉的人群对话，如法国人、毛里求斯人，他还知道如何使其他文化背景下的读者感同身受，比如中国读者也能在他的作品中找到共鸣。所以说，语言的确是勒老自我表达的方式。当我们有想向不同人群表达的欲望时，新鲜词汇便自然产生了。这正好让我想起费迪南德·德·索绪尔所说的，大意是，假如没有语言，思想便只是模糊的云团。我希望，我们这些学习外语的人，不该只是学会怎么说怎么写，更重要的是，要懂得运用语言自我表达。谢谢！

杜青钢：你的补充很精彩，谢谢许先生。关于小弗米，我想讲一个小故事。昨天你们回宾馆以后，幼儿园的工作人员对我说："今天有点奇怪。"我问："怎么奇怪了？"他们说："平常给孩子们讲故事，只五到十分钟就坐不住了。但他们今天围在勒爷爷身边，玩儿得可高兴了。”既然我们讲到创造，你们知道吗？“小弗米”这个名字其实是勒克莱齐奥先生取的。我记得有一次在长江的游船上，我对勒老说：“我有一个朋友，叫谢武，他要开一所幼儿园，你能赐个名儿吗？”勒老当时没说话。过了差不多五分钟，他说：“La Petite Fourmi.”我说这很好，只是想到中文翻译成“小蚂蚁”又觉得有些疙瘩。在中文里，“小蚂蚁”听起来好像一群搬运工。取这个名会不会让家长感到别扭？我甚至想让勒老再取个别的名字，比如小蜜蜂，或者龙啊凤啊之类的，听起来高大上。后来我给谢武打电话，我说勒老赐了个名，叫“La Petite Fourmi”，你觉得如何？“啊！”他兴奋地喊道，“太好了！太好了！好极了！”不过他说，我还等待看你们怎么翻译。谢武先生选择了音译。Fourmi译为弗米，加上petite，就是小弗米。这个“弗”含在佛教、佛祖之中，没有人字旁。没有人字旁恰到好处，因为孩子需要陪伴，人常在，就像佛祖时刻保佑着我们，那些幼儿园的老师也像佛祖一样守护着小朋友。弗这个字和幸福的福谐音。更重要的是米，大米的米。米是中国人维持生命的基本食物。我是个测字人，如果我们把米字拆开，就有两个八，对不对？上面一个八，下面一个八，加一个十。两个八，按中国人的习俗，是个双重吉祥数。这种字与数字的奇妙关系，实际上也是一种创造。勒克莱齐奥先生赠了“小弗米”这个名字，结果幼儿园里一下来了28个小弗米。这是勒老给予的、让人无比幸福的创造，不是吗？你觉得呢？

勒克莱齐奥：我非常喜欢你这个解释。这当然是一种创造，你一直坚持运用文字创新。中文是很有意思的，首先它是一门单音节语言，墨西哥的玛雅语也是单音节的，但世界上像这样的单音节语言并不多见，十分稀少。法语也有变为单音节的趋势，也许再过千年，法语就会彻底变为单音节。当然，比起古老的中文来说，法语还是太年轻,没有足够的时间完成这种演化。中文的文字本身也同样有趣。昨天在小弗米,我认识了两个小朋友。女孩儿叫Fanny,多么浪漫的名字,男孩儿的名字没这么诗意,叫多多。我让他们在黑板上写自己的名字。他们同时开始,多多是写得快的那一个,因为写汉字比写Fanny的全部字母来得快些。“多多”两个字一样,比较容易写。由此看来,中文具有快速书写的长处。中文的另一个长处是字形的美感。刚才杜先生讲了许多文字里的数字,我不是很懂,这太高深了,但我觉得“米”字的字形非常漂亮。它让人联想到植物,真的很美。“小”字也是对称的,好像长着一对小翅膀的木棍。我由衷欣赏汉字字形中的美感。我刚才说自己先会写字后会阅读,按这个道理,我一开始学写汉字的话或许比学拼音字母来得快,毕竟图像包含的意义总是更丰富。我马上说完,不能在这一点上讲太多。我记得我第一本翻译到中国的书是*Désert*,叫《沙漠》。译本出来的时候，我拿给一位当时在巴黎的中国友人看。他对我说："啊，这太漂亮了，我很喜欢书名这两个字。"他喜欢这两个字的字形，不单是其含义，更是这两个字传达出的画面感。这是汉字与众不同的一面。我觉得我们可以向汉字的发明者表示感谢，但也该向后来保留了表意符号的文字改革者说声谢谢。如果后者将表意符号改成了拼音文字，将会是多么可惜的一件事。如今，中文两者兼有，既可以写拼音，又可以写汉字。我觉得这能让中国人的大脑更发达……这种表意符号的训练，能使中国人的脑细胞比别人多一些。

许钧：说到表意符号，刚才勒老给我们讲了关于"沙漠"这两个字的故事。他说他的朋友很喜欢这两个字的字形，美观且饱含深意。我们进一步剖析这两个字的话，就能发现"沙"由两部分组成。第一部分是"水"，第二部分是"少"。"漠"也由两部分组成，"水"

和“莫”，也就是“无”。所以，即便是汉字的字形结构本身也是非常具有创造性的。在这里，我想向勒老提一个问题，你经过五分钟的思考后给出了“小弗米”这个名字。在你的生活或写作中，小蚂蚁有什么样的意义呢？你多次在作品中写到过小蚂蚁的形象，比如非洲土地上的蚂蚁。

勒克莱齐奥：没错，是这样的。小孩子有一种用放大镜看世界的能力，也就是说，他们以孩子的视角把看到的一切都放大了。也许是因为自己太小，所以事物在他们眼中总是比实际的庞大，他们看到的要么是小不点，要么是庞然大物。所以他们对昆虫兴趣十足。虽然有时候有点害怕，但总的来说还是与昆虫非常亲近。对我而言，蚂蚁展示了与人类生活截然不同的生命面向。事实上，孩子可以支配昆虫，能够感受到与昆虫世界的特殊联结。而蚂蚁是一种特别有组织性的虫类，有幼儿园采用“小弗米”这个名字让我非常高兴。孩子们在幼儿园里学习的就是组织性，学习适应集体生活，小蚂蚁是非常擅长集体生活的。我记得法国前总统密特朗先生手下有位女部长，克勒松女士，我记得她的姓，因为“克勒松”(cresson)是一种植物的名字。在法语中，姓氏往往是植物或物品的名字。这位女士在任期间访问了亚洲，包括日本、中国，也许还有柬埔寨。她是当时的农业部长。她访问回来后，有人问:“你印象如何?”她回答说:“蚂蚁。”她说了“蚂蚁”，因为在她的记忆中，东方国家人口众多，像蚂蚁一样密集。人们指责她说:“女士你不该冒犯东方人，不该如此出言不逊，说人类像蚂蚁实在太恶毒了。”然后她试着为自己辩解:“没错，但我无意冒犯，我的意思是他们非常有组织性。”尽管如此还是责骂声一片。蚂蚁这个群体往往是孩子们能最早观察到的社会性组织。我不知道在中国怎么样，在法国有一些博物馆把地下蚁穴的竖切面移来供人参观。孩子们能够看到蚂蚁搬运小片树叶、喂养蚜虫、收集蚜虫采集的树蜜,整个生活形态跃然而现。孩子们会惊讶地发现,在这个切面装置中,每只小昆虫都责任重大、各司其职。我自己小时候就特别被这种微型世界的想象力所吸引。

许钧:没错。我认为学习一门语言或者进行创作,就是用另一种方式表达已经说过的话。这是我们创作的标准或者说是界限。对我来说,首先要扪心自问,作为法语学习者,我们真的对语言足够敏锐吗?依照海德格尔的观点,与其说是人在说话,不如说是语言在借人的言语说话,语言是存在之家。我认为在勒克莱齐奥的作品中,始终有一种对语言统治或者人类统治的反抗。在这里我想谈一谈五四运动。五四运动的核心精神是科学与民主,那么首先要做到的就是确保民众的言论自由。五四运动实际上是从倡导白话文开始的,因为这是普通人掌握话语能力的基础。文字后面接着就是文学。为什么是文学而不是其他东西？文学和科学看起来南辕北辙，为什么首先就在文字和文学上做文章？因为不掌握文字，民众就无法表达，而文学是传播思想最好的方式。言论自由是民主精神之萌芽。所以语言对于人类生活至关重要。作为法语学习者，我们是学单词？学说话？都不是！我们应该超越简单的文字层面看到语言背后的东西，我们会发现法语背后有一个全新的世界等待探索。这个世界应有尽有，人类学、艺术史、哲学等等。所以一旦谈到语言问题，就是在谈论我们自身存在的问题。人类无法脱离语言而存在。而这正是勒克莱齐奥作品的关键特色之一，他的作品展现了语言的多样性，这种多样性有多重解释。都看过勒老的作品吧？你们会发现他常常使用法语以外的语言，比如印地语，有时又是非洲语言，得有十来种外语吧。这是多样性的第一层含义。第二层是关于作品的笔调。勒老的笔调十分多变，老人、孩子，穷人、富人，都是他的潜在读者。笔调的变化也是语言多样性的一种形式。第三层是关于作品的叙事语言。刚才他说运用语言、以个人化的语言创造新东西是十分重要的。在勒老的小说里，叙事语言形式丰富。无论如何，我觉得杜青钢先生选的这个对话主题非常好，能使我们更深刻地理解勒老的作品。以文字为起点，我们进行一场诗意的冒险。

杜青钢：谢谢你这段……我得说这是一段精彩的演说。

许钧：这哪儿是演说，是对话。

杜青钢：对我来说都是演说。我完全同意许钧先生说的，这使我想起勒克莱齐奥先生的一句话："语言是人类最杰出的创造，它高于一切，分享一切。"这真是绝妙的点评。这是你很多年前说过的话吗？

勒克莱齐奥：我不太记得了……不过我想问下杜先生怎么看达度这个人物。

杜青钢：达度是我小说《字行天下》中的主人公。“达”是到达的达，是到达彼岸的船，意思是“心灵的一叶舟”。“度”是度过的度。我们说佛祖普度众生，也就是“度人”。自我救赎则是“度己”。差不多是这样的意思。这个“度”又与我的姓氏谐音。我想帮助别人，又要度越自我。

许钧：“度”这个字在佛教中有特殊意义。佛教有两个派别：一个大乘佛教，一个小乘佛教，即所谓“大乘小乘”。大乘是什么呢？大乘就是以普度众生为目的，助世人到达涅槃解脱的彼岸世界；小乘就是自我解脱。所以杜先生和达度是在大乘这个境界里的。

杜青钢:"达"这个字里包含了"大"。达由"大"和走之底组成。所以要不断移动变化,不能总是停留在同一个……

许钧:要走向伟大,必须行走,勇于冒险。

勒克莱齐奥:之所以问这个,是因为我昨晚读了《字行天下》,读了你的法文稿,我发现这个主人公就是你本人。我相信这是很重要的作品,因为……你叙述的故事在许多人更年轻的时候或者还是孩子的时候都经历过,但你却能把那种情感和童心保留至今。你能细致入微地从笔画进入语言的深意,你对解构语言着迷,能发现文字背后的奥妙。文字不仅仅是文字,其背后的深意值得探究。我同意刚才许先生说的,文学服务于语言，还原了语言的向度。语言不应该只是一种交流活动，更应该是一个分析过程，一种对自我的认识与探索。所以说，为了“度己”，的确，或者为了“度人”……我不信佛，但我能够理解普度众生的意义，而语言则可以成为超度方式的一种。如果说存在某种文学创作的道义的话——而这道义很可能真的存在——那么并不是塑造故事的主人公形象。文学作品中让人耳熟能详的主人公往往命运多舛，他们疲于奔命，以至于无法为读者带来愉悦或真理。有时我们甚至会怀疑，这么痛苦的人物真的是故事的主角吗？这时最具生命力的存在恰好是语言本身。昨天我听杜先生谈到了曹雪芹，我觉得曹雪芹是中国非常伟大的小说家。我为曹雪芹和他的巨著所折服，《红楼梦》不仅是一部小说，它反映了中国的贵族阶级或者说传统的中国。曹雪芹运用多种文体相互映衬，书中出现了诗歌，有人说他的诗不好，我读英文翻译倒觉得很美。有评论说：“曹雪芹的散文比诗写得漂亮。”但我仍然觉得这种故事叙述和诗歌的交互有一种音乐美，让人从一个梦醒来又陷入另一个梦里，好像整个生命都在做梦，有点不真实。曹雪芹创造了艺术化的现实世界。《红楼梦》里有佛，也有道，道是显而易见的。书里甚至有儒学，因为《红楼梦》是一幅等级森严的社会图卷。所以说，小说家笔下的主人公并不是生活的楷模，就像在曹雪芹的作品中，主角不总是光彩照人，有时甚至不引人注目。但是集合感受、人性、勇气和善行，人，才成为人。这就像小弗米们，今天小弗米的孩子将成为明日中国的栋梁之材。他们是国家未来的主人公，虽然现在还只是小不点。所以说，语言有我们创造美好或不那么美好的一切原料，我们必须做出选择。文学不只是镜子，文学是一个宝箱，一个房间，甚至是一座宫殿，里面有我们寻找的所有东西。在东方世界，记忆总是刻在纪念碑上。当我们想要运用记忆的时候就得进入这些房间，记忆的宫殿有许许多多的房间。如果要记得清楚，就得细心地把记忆分门别类，放入这些房间里。这个宫殿的比喻正像《红楼梦》，一座大宅院。这也是关于语言和文学创作的比喻。我好像说的有点太多了……

杜青钢：你的形容太精彩了，非常非常好。我回到刚才提到的敏锐度的问题。我认为这种敏锐度是作家和译者共有的。我注意到许钧先生的译作展现出了相当高的语言敏锐度，这是区别翻译水平高或低的重要指标。我个人非常喜欢许先生的译文，刚柔并济、动静结合，能让人真实地感受到一种节奏感和起伏，这是需要多年修炼和极高的敏锐度才能达到的境界。你刚才提到了“沙漠”这个词，法语中也有个谐音的chameau，骆驼。也就是说法国骆驼能在中文里找到它的栖息之地……在中国的沙漠里。

勒克莱齐奥：的确，对于创作来说，语言至关重要，毕竟不可能凭空创造，必须有所依据。作家把大量的时间花在阅读上。对我来说字典的帮助非常大。我像杜先生一样也算是测字人。在我小的时候，我祖母有一些百科全书。记得那些下雨的午后，没法出去玩，我就在家里看百科全书。我和哥哥一起背诵书里的片段，几乎背得滚瓜烂熟。百科全书词条的顺序也是某种无逻辑的事物的顺序。比如"骆驼"(chameau)后面很可能接着"帽子"(chapeau)，这两者毫无关联，但按照语音顺序它们在字典中一前一后。这就打破了那种"逻辑必然存在于世上"的定式思维。我觉得作家把语言当成一个动物园，或者某种一应俱全的大公园。像许先生说的，不能被硬性的语音顺序或者是随机的感性顺序所左右，必须有所取舍。所以创作是以字典、以语言为起点的。我去亚洲的时候买了人生中第一本中文字典。我不懂中文但还是买了。那本字典是香港编的，所以是繁体字。字典的词条有注音和英语翻译。我的第一本中文书就是这本字典,到现在我还保存着。

许钧:刚才两位作家……他们是作家,我是翻译,我能够解读他们的思想,这是我的优势,也是我存在的意义。刚才杜先生强调了对文字的敏锐度,我也认为这很重要。在我的翻译课上,我对学生说,永远不能满足于“差不多”,必须在表达上精益求精,必须找到最准确、最贴切的用字,这需要取舍。对我来说,写作与创造的关系……最重要的是要保持思想的自由和思维的开放,不能满足于已有的成果。从思维定式出发是要不得的。既定逻辑在一件事确实发生之前是没有任何意义的。也就是说,我们要坚持自我,尊重天性。上个礼拜我回了趟老家,见到了我四岁的侄孙女儿。有天早上,她起得很早,在我房里跑来跑去。她对我说:“我发现了一只小蜜蜂,小蜜蜂!”孩子总是爱用“小”

这个形容词。我问她能不能想到别的词，她马上回答我："小宝宝。"我让她再想想，她还是说"小"。她有能力表达，能用有限的词汇形容整个世界：小班级、小同学、小花儿……全部都很"小"，整个世界是迷你的。我让她继续说，"那你呢，你也是小宝宝，你今天穿的什么呀？"她回答："我今天穿了一条裙子。""什么样的裙子？""一条漂亮的小裙子。"我让她把刚才说的话连起来，她马上说："小宝宝穿了一条漂亮的小裙子。""那你今天穿这么漂亮，和妈妈干什么了？""妈妈把我抱在怀里，带我去动物园。""你看到了什么？""一只老虎，一头长颈鹿。""长颈鹿长什么样？""噢！它的脖子和树一样长！""那老虎长什么样？""老虎穿着一条彩色的大裙子！"你们看，这就是创作。我让她完整地讲一遍今天看到的，她便开始讲故事了：小宝宝穿着漂亮的小裙子，妈妈把她抱在怀里去动物园，在动物园里看到了老虎和长颈鹿。长颈鹿的脖子和树一样长，老虎穿着一条彩色的大裙子。这可是一个只有四岁的小女孩讲的，如果鼓励她以自己的逻辑和方式叙述事物，就已经是一种创作了。所以说人人皆可创作。对于我们这些学法语、法国文学和文化的人来说，绝对不能简单当个搬运工。应该融会自己的领悟，创造性地加以转换。翻译，就是一种再创造。两天前，我们出席了一个活动，旨在介绍六本精挑细选的法国文学作品。我不知道你们是否已经读过报道。这六本书分别是《阿达拉·勒内》、《一个孤独漫步者的遐想》、《小王子》、《娜侬》、《魔沼》和艾尔莎·特奥莱的《月神园》。而我坚持认为，阅读是在参与创作，翻译则让作品成为经典。因此你们看，创作并不仅仅局限于写作这门艺术，它存在于我们的所思所想，扎根于我们的生存方式，就是说，永远不要盲从业已形成的存在，而要尝试着为我们的思想开一扇小门。这，就是真正的创造。

勒克莱齐奥：我非常喜欢许先生刚才讲的这一席话。他为人格外谦逊，但正如他所言，翻译也是创作。译者一方面需要分外虚心、抽离自我，另一方面却也需要多多给予。我曾参加过美国的翻译座谈，发言者都在理论构筑上高谈阔论。而听众里有位年岁近百的老夫人，她是美洲印第安裔，来自五大文明部落之一的一个印第安部落乔克托族。她嫁给了一个坐拥油田非常富有的人，因而筹办了那场座谈会。而当所有人就理论侃侃而谈时，她只在一张纸上写了句话，因为她不敢发言。我看了她写的话，并把它念给其他人听，她写的是："译者有没有把译作呈到他们所翻译的原作跟前？"那时我看了这字条后把它给其他人传阅，而他们都不理解"呈到跟前"的含义。刹那间，我灵光乍现，她是说，译作是译者呈现给自己所译原作的一份礼物，就仿佛译者是在作品前献上了一份礼物，以示感谢，以表称赞，以致敬意。于是我对其他人说："我们说着一门逻辑缜密的语言，而这位夫人来自另一个社会，一个美洲印第安族裔的社会，一个迥然不同的社会。”转瞬间，大家都了悟：在翻译这个领域，既有热忱真爱，又有敬仰憧憬——这里感情充沛；而感情，格外重要。这全然改变了我们的讨论氛围：我们跳出了理论的圈子，谈得更加切合实际了。

杜青钢：说得好！为了让我们的对话更加有声有色，请允许我开个小玩笑。我邀请来宾参观了一家幼儿园，这么做很有意思。雨果在他的晚年也写过一本书，叫《做祖父的艺术》。就凭着你们这番对孩子们真情流露、充满爱意的演说，我坚信，二位都将成为优秀的祖父。接下来，因为刚刚勒克莱齐奥先生就他的初次阅读谈了很多，我现在冒昧向许钧先生提一个问题：你和文字的初次接触，或者说你的初次阅读是什么呢？

许钧：就如同所有“农民”一样，我格外强调这个词，我是一个贫穷的农村的孩子。但是，“贫穷”在这里没有本质层面的意思，也就是说，这种“贫穷”不过是物质匮乏。而事实上，穷人总是一心致富，假如我们无法在物质上变得富裕，那我们便力图成为精神上的富人。所以我和文学的首次触电，或者说我的初次阅读，并不是来自书本。你们知道，农民非常喜欢交谈，特别喜欢讲故事。农民的生活，我不清楚你们是否了解些许，总而言之，农民吃得特别早。下午五点就已经吃完晚饭了。所以长夜漫漫，又没有灯，因为那个时候还没有电，于是只能以月光为灯。月光铸就的灯当然不是那么明亮。所以有些时候，夜晚着实漆黑一片。也就是说，没什么亮光。而在这种氛围下，农民就喜欢讲讲故事。人们不讲真实的故事，因为真实的生活那么地贫瘠！大家都做些什么？起床，耕地，觅食。所以农民喜欢讲另一个世界的故事，比方说，鬼怪的故事，地狱的故事。而这，这就是我和外面的世界的首次接触。阅读是什么？阅读带我们去向远方，它为我们展开一个同我们的真实生活迥然不同的世界。所以这些故事扎进了我的记忆深处。我完全可以想象在别处、在另一个世界里是何种光景。这便是我和阅读的首次接触。思想开放，敢于想象，超越现实——这就是文学创造的开始。

杜青钢：非常感谢。我记得在中国，你第一个翻译了勒克莱齐奥先生的作品。而就在刚才，勒克莱齐奥先生谈到了自己的生活状况，我便想问问，在你的孩提时期已经有电了吧？生活条件是不是要比中国好一些？

勒克莱齐奥：我的童年是在战争中度过的，所以算不上有趣。因为轰炸而断电是常有的事，曾有炸弹就掉落在我祖母房子旁。我们没多少吃的，也没有暖气。取暖全靠一个炉子，我祖母把所有她能找到的东西都丢进去烧，木块啦，纸啦，还有一点点炭。所以我记得，那整个阶段，我都是饥寒交迫地度过的。我那时三岁，同昨天见到的孩子们一般大。我记得我们那个时候都没多少可吃的。所以我觉得情况也并不怎么乐观。而在战时最为缺乏的，包括战后、1940年代末期也是如此：没有书，没有纸，没有笔。我曾经收到过一份礼物，是一支木匠用的铅笔。就是那种木匠拿来画线标记的炭笔，所以它的一头是蓝的，一头是红的。我收到这份礼物后便开始在配额簿上画画，开始第一次写字。因为我们有那种小册子，上面写着我们能领多少克面粉、多少克牛奶等等。所以每本小册子上都有那么几页让我可以在空白处写字，毕竟当时没有纸。所以对我而言，战后最缺少的其实是纸笔。我不知道，是不是在中国也有这么一段困难的时期，但无论如何，战争……每每听闻伊朗战乱、叙利亚战乱或是非洲战乱，我想孩子们也生活在那么一种境况下：他们没有笔，没有纸，可能也没有食物果腹,但他们也需要纸笔和书。所以我总是想着往伊朗那些地方寄纸,但我不知道它是否真的能直达孩子们手中。我认为孩子们一定很需要所有这些东西。当然,其他问题同样存在:病痛、死亡、忧虑。我四岁的时候,差点死于一种普通的疾病。那是一种致命的病。我不知道它的中文名字是什么。

许钧:百日咳,就是说要咳百来天。

勒克莱齐奥:对,就是这个。它在英语里叫作 whooping cough。因为人们说,病人咳得活像一台起重机。就是这场病,差点让战时年仅四岁的我离开人世。所以我总是想到那些现在身处战乱国家的孩子,我告诉自己,他们不仅没有食物,也没有笔,没有纸,而且他们可能会患上百日咳,像我当时那样咳嗽不止。这些记忆在我身上留下了深深的烙印。

杜青钢：说到这个，我觉得我们的确有很多共同点。和许先生一样，我也在农村长大，就在一个大水塘边。如果今天下午天气好，我们可以去兜一圈，不远，离大路不过两百米的距离。我就在这个水塘边长大。而让我记忆犹新的是有一天，来了一个说书人，讲的正是《水浒传》的故事。哎！那可真是！特别是孩子们！一开始，我觉得这没什么；但我听了他讲的故事后，我就一直盼着这个说书人，可惜的是他没再来过。其实，我六岁的时候对文字也没什么印象。因为和许先生一样，我那会儿也不识字。但也和你一样，我们总是听人讲故事。而我盼啊等啊，这个说书人始终没再来过。对我而言，这实在是一大憾事。而有件事有点奇特，因为我写的小说里有五个主要人物，祖父和四兄弟。四兄弟算是有原型的，达度，就是我。这其中就有一部分来源于回忆。唯有一个人物是虚构的，就是祖父，刘先生。这就像我小时候盼望着那个说书人一样，因为我想象着，在我小的时候要是能有一个人教我读书写字，那该有多幸福啊！这也是我下面要讲的这件小事的原因：自从我来了武汉，担任院长一职，几乎每天上午我都早早起床，在床上读两三个小时的书。我不是每天都去办公室工作，如果他们需要我，一个电话，我就来了；要是没这个必要，我就读书。所以就我而言，阅读最重要的部分还是读史。我读了很多中国的历史，法国的历史。接下来便是文学作品。不过现在，我要向你们袒露一个小秘密。用中文书写的时候，初稿那一遍我确实没什么逻辑。这事儿很怪，一旦我进入法语的世界，我的逻辑感就强很多。但对我而言最重要的是，每天写作前得先读点什么。比如说，中文作品里，我有时读读毕飞宇，他着实别具风格。我读毕飞宇，也读冯唐。冯唐是个革新家，但毕飞宇的格调也有股子新意。而法国这边，我告诉诸位，我读的是《从未见过大海的人》。我每天读得不多，大概两三页，但我几乎在每个字都会停顿。我琢磨着，从你的角度出发，要说同样的内容，应该怎么表达呢？而你的表达方式不同，那这差异又是从何而来的呢？说真的，这种阅读让我受益匪浅，它让我写得更好。不过迄今为止我还算个新手，幸运的是这儿有两位大师，我能好好利用他们停留的这段时间继续我的学习。待会儿学生们也会参与讨论，在二位来之前，我也要求他们读一读你的作品。

许钧：但是已经过去了一个小时一刻钟了……

杜青钢：啊？是呀！时间过得真快！我有个念头，如果可能的话，明年我们继续这样自由自在、轻轻松松的谈话。人们高兴的时候，总是忘了时间的存在！这就是为什么拉马丁在《湖》里感叹道，对幸福的人——比如我们而言，时间流逝得飞快；对不幸的人而言，时间过去得极慢。现在，你们有没有什么问题？尤其是对勒克莱齐奥先生和许先生。

问题一：我有一个问题问勒克莱齐奥先生：你刚刚提到，没有语言，我们无法实现自我认同。我的问题是，你的一生中是否遇到过在某一种文化中难以实现自我认同的情况，而这些困难又是如何启发你的文学创作的呢？谢谢！

勒克莱齐奥：谢谢你的问题。的确，我本人出身于一种多元文化。我的家庭来自毛里求斯，世界上最小的国家。我总是说，我现在身处世界上最大的国家，但我来自最小的国家，它地处南部非洲，名叫毛里求斯。所以我既有毛里求斯国籍，又因为我妈妈而拥有法国国籍。如此一来，我承袭了两种文化。毛里求斯籍的好处，在于它提供了一种多元文化。在毛里求斯，有法国裔，比如我；也有印度裔，非洲裔，甚至华裔。所有这些社群在毛里求斯都缺一不可。在毛里求斯，并存着几种宗教、哲学、生活方式乃至语言。毛里求斯人每天都要说三种不同的语言：法语、克里奥尔语和自己的母语——可能是中文，可能是印地语，也可能是一种叫作博杰普尔的方言；或者说英语，因为英语是官方语言。所以，他们能够从一种语言转换到另一种语言。因为我父亲的原因，我在这方面也多有受益。当我父亲回到非洲时，他是一名大英殖民医疗队的医生，拥有英国国籍。他强制我们讲英语，所以我们既讲英语，又讲法语。随后，我自己又挖掘了其他文化、其他语言。你提到难以认同的问题，事实上，对我而言，难处在于面对单一法兰西文化的碰撞。因为在巴黎，的确存在一帮认为巴黎就是世界中心的家伙，他们觉得法兰西文化高于其他任一文化，觉得没有什么菜能出法餐之右。我就喜欢吃毛里求斯菜。我爸爸做饭，就喜欢一锅炖。他做的很多菜在我看来都像亚洲菜，加很多米，很多煮熟的蔬菜，再放些辣酱……可其他人不这么吃啊！所以当我去食堂时，我就想着……你们怎么都这么吃饭啊？真奇怪。你们把土豆炸成薯条，吃的肉都切成大块，何况也太多了吧，而在我们那儿，肉都是剁成小块就着辣酱吃的啊。但反过来，我觉得小瑞士奶酪的味道特别好，就是一种叫作“小瑞士”的白色奶酪。所以我难以接受单一文化。而当我来到中国时，就特别欣赏中国，因为这是个多元文化的国家。你们拿一张一元的纸币，上面有中文，还有维吾尔语等少数民族语言，所以单凭着一张纸币，我们就已经知道在中国共存着好几种文化，有很多不同的少数民族。而我很欣赏这种存在于中国的接纳他者的能力。这也是中国之所以能成为一个和平大国的原因，而垄断文化、单一文化的国家，比如英国、荷兰、法国和德国，都是征战国。为了强施自己的文化，他们总是采取某种暴力的手段。所以我和一个朋友一起在毛里求斯建立了一个基金会，名叫“跨文化基金会”，旨在促进不同文化间的关系。说回小弗米，在我看来这就是个很好的例子，因为我觉得孩子们其实更能够接受文化多样性。所以我们会去毛里求斯岛上的幼儿园，都是幼儿园，不过远没有小弗米那么漂亮，都特别穷。不过在那儿，我们会捐书，而我总是捐一些中文书。我说，要让他们产生学习这门语言的兴趣，必须让他们先看到这门语言。比如许先生刚刚提及的那一系列作品集，将要出版中法双语版的《小王子》，我就要把这些书捐到毛里求斯去，因为如此一来，孩子们就可以学习中文，在书里他们不仅能觅得圣埃克絮佩里，还能一探中国语言。在我看来，脱离单一文化、把握住各种文化间的平等关系是至关重要的。我说的这番话，对你们而言可能平庸无奇。但是当你们在法国发表这样的言论时，人们会把你当成一个乌托邦主义者，因为法国的知识分子并不喜欢多元文化说。通常情况下，他们对于文化威权非常在意。在法语中有“文化光芒”这么一说。但我就说，为什么要叫光芒呢？难道法国是太阳吗？不是啊，它不是太阳啊，那也不是什么光芒啊！还不如称其为微光，熹微的晨光，一种柔和却能浸沐世界的微光，而不是什么太阳的强光，不是的！我批判太阳，文化的太阳。

问题二：勒克莱齐奥先生，你好。我很喜欢这样一种说法，我们总是生活在语言的牢笼里。事实上，语言是真实世界的一种完美映射，一面绝佳的镜子，我想你也认同这一观点。不过，我们总是试图越离这个牢笼，总是想着冲破语言的藩篱。我认为，实现这一突围有两种方式。第一种方式是文学手段：我们创造一个非真实的世界，我们通过讲述故事来突破真实世界。而第二种方式，就是学习另一门语言，一门能够让我们认识别的世界、别的国家、别的民族的外语。我的问题是，在你看来，在越离这一牢笼的过程中，创作和外语学习之间存在着怎样的联系？谢谢！

勒克莱齐奥：谢谢。“为了越离语言的牢笼”，没有比你刚刚这番雄辩更好的表述了。不过我觉得对作家来说，有一个至关重要的方面，就是创造他们自己的语言。这就是为什么作家总是使用另一种语言的文字，或者改变用词的意思。但这并不意味着他们正在创造另一新的现实，这只能说明他们需要跳出这个牢笼以表现其自由。我记得一位伟大的法语诗人，爱德华·格里桑，出生于边缘的马提尼克而非巴黎的他写了《诗学的关系》。这是一篇极为出色的文章，作者在文中恰好解释了逃离语言的禁闭是不可或缺的。他说：“从所有可取的文字中，我自创独属的语言。”就是说，一旦这个词从杜先生、许先生或是在场诸位的口中说出，它就可被使用了，因为它业已存在；那么它便也可以进入我自己的语言。如今，我听到了许许多多汉语词汇，这些开放的词，言不尽意，正如同刚刚所提及的“沙漠”构字两部分的分析，文字自身明确了“缺水”和“无水”的含义，这种含义的强化让我颇有感悟。正如著名英语作家刘易斯·卡罗尔所说，有些字眼会如箱子一般开启。这些字眼就是箱子，每个下面都暗藏宝藏，应该善加利用。所以我认为应该逃离语言的禁闭，这里我指的是普通的语言，要逃离仅作简单沟通的语言去创造自己的语言。而这在翻译中也同样成立。我也翻译，我恰好译过一本刘易斯·卡罗尔的书，名叫《生日贺信》。这封信是他写给一个深爱的小女孩的。在信里他说，因为自己不知道小女孩的生日，所以就祝她非生日快乐。这封信很有意思，但翻译这么一页半的信耗费了我几个月的时间，因为要传递其中的幽默、温柔和种种情感是件相当复杂的事。所以这也是一种抽离自我的方式。翻译也是一次很棒的旅程。恭喜你们已经在法语世界踏上了这一征途，从汉语出发，在法语继续。你们的法语讲得这么好，要是有一天我的中文能达到你们法语十分之一的水平……

杜青钢：说到这儿，我可能要补充几句。前段时间，我们邀请了法国汉学家白乐桑来访。他发现，在中国，作家都酷爱口头禅。随后，在一场华师大举办的汉语翻译会议上，有位外国学者又发现中国作家都喜欢使用四字成语。就我个人而言，在写作的时候，我总是避免或者绕开四字成语。我尤其不喜欢连着使用两三个成语。因为这就像是套老路子。要么我去掉一个字，要么我把它用在一个改变其原意的语境中。的确，提到跳出文字陷阱的这场博弈，总是有讲不完的话，特别是如何对抗过于强大的陈规。谈到这些，或许在中国文化中总是存在一种尚古性。我觉得在这点上，许先生有很多可说的。

许钧：那么，通过刚才这个出类拔萃的学生提出的问题，我们意识到了创作和翻译的本质所在。那就是，抽离自我为探求异己开辟了前路。我们总说自己特别幸运，因为我们学习了一门外语。一门外语，就是另一个亟待探索的世界。这，已经是抽离自我的一个先决条件了。而在确保文化多样性中最为重要的，首先就是我们对待差异性的态度。你们想想，“他者”，是什么？“自己”，又是什么？就是共同点和不同处。所以对待差异性的态度，便是你们明确自己是否具备抽离自我这种意愿的第一步，或者说第一要义。你们看，人们面对差异性所表现出的态度是不同的，对吧？有时人们并不尊重差异性，而是将其摒除，这就是垄断文化企图实现的。所以对我们而言，翻译，主要目的就是为了维护文化多样性。因为翻译能把我们带进一个不同于自身所在的世界。这是最重要的。翻译的基本道德，体现在我们对待差异性的态度中。

问题三：我有一个问题想问勒克莱齐奥先生。刚刚你多次提到孩子。在我们看来，孩子时不时掌握着我等凡夫俗子所不解的圣哲之思。在你的文章《从未见过大海的人》中，主人公丹尼尔是个时常如成人般缄默不语的高中生。但是他抛弃了在他看来冰冷残酷的城市，逃离到海边生活。对我们而言，这恰如古代圣贤之举。但他也有些孩子气的举动，比如每天像朋友般欢迎一只章鱼。我的问题是，丹尼尔到底是个孩子，还是更像个圣贤？

勒克莱齐奥：这问题很有趣，因为故事的人物原型其实是我认识的一位毛里求斯老太太。毛里求斯人住在四面环海的岛上，然而她从来没有到过海边。她住在，嗯，她是一个种姜的农妇。有些人住在岛心的小山上，他们耕种土地，从没见过大海。但是有一天，她女儿对她说："听着，总有一天你得去看看大海。"她同意了，坐了一个半小时的大巴去看她从未看过的大海。待她见到大海，她觉得大海的确辽阔，于是她评价道："海里水可真多呀!”这就是她的感想。但我觉得这个人物很有意思,因为她是这么一个人:她奉献了一生耕地种田、抚育子女,她夜以继日地工作,全然没有一刻是自由自在的;而当她终于见到大海时,此生独一无二的那次时,她是如此震惊以至于哑口无言,除了“这可真大”以外她无话可说,于是便回家去了。对我而言,这称不上圣贤的原型,但这也绝非顺从屈服,有些时候人类的勇气不就是这样嘛。我想说的大概就是,人们常常生活得非常艰辛,要把这样的日子过下去其实需要很大的勇气。而在法国,也有很多人没办法去看看大海,因为有时候海离这些人很远。即使到了现在,一些在巴黎郊区长大的孩子也没法到海边去。不是因为太远,而是因为没钱。所以,他们要在人生中开辟属于自己的一席之地,就必须鼓起很大的勇气。我不知道这算不算得上圣哲,但勇气是我非常敬重的一种品质。圣哲,我也说不清什么是圣哲。这世上有愚蠢的老糊涂,也有聪慧的小神童。

问题四：勒克莱齐奥先生、杜老师和许老师，你们好。当我看到通知，获悉许老师要前来参会时，我特别高兴。是你的译作，比如《追忆似水年华》，向我展示了一个中国人也能把法国文学作品转换表现得如此淋漓尽致。所以，我想向你提一个问题：你通过哪些训练来提高自己的能力，从而圆满地完成自己作为译者的工作呢？

许钧：要想回答你的这个问题，我得写一篇博士论文。你的这个问题很有趣：我们怎么做才能成为一个对得起作者的称职的译者。有时候，译者的首要品质是探索精神。这一点非常非常重要。人们常说，翻译里面哪些最重要，怎么修饰句子，怎么把一个句子拆分为二，怎么把形容词转化成名词，这类我们在书里会教的翻译技巧，要我说，都不重要。第一重要的，就是探索发现。对我而言，就是发现一个好作家，挖掘一部好作品，探索那些不同之处，这是译者应当具备的首要素质。比如说，勒克莱齐奥先生，我22岁在法国的时候，法国老师要求我读你的《诉讼笔录》。我开始读，但是我不明白它要讲什么。因为在那个时候，我刚刚离开被“文化大革命”摧毁了文化的中国。所以我什么都不理解，我不理解一个像亚当那样的人。那家伙是一本资本主义书籍里的人。在中国，没有人会像亚当那样，怎么可能会有亚当这样的人物呢？但是等到看他的第二本书——《沙漠》，我慢慢地向他靠拢。我开始试着去理解。所以你们看，“发现”这个词多么重要。而译者的职责，或者说一个尽职的译者，就是要挖掘不同之处。这一点非常非常重要。而第二个素质，就是理解。如果我们不能理解，那我们也就无法表达；如果我们不能理解，那么我们就冒着背叛的风险。所以对于译者而言，第二品质便是好好理解。理解，一点都不简单，因为我们是在和两种文化、两门语言打交道。而在这门语言背后，有一个完整的世界等着挖掘。所以这一品质意味着尝试靠近作者以及他所描绘的世界，这一点非常重要。第三个品质，就是表达我们真正领悟到的东西！永远不要假装领悟了什么，就是说，永远不要过多地掺入主观性。必须从文本、而非从意识形态所掌控的世界出发。因为翻译是一条漫漫征途。我们从一门语言的文字、句子和篇章出发，得到用另一门语言的文字和句子所书写的那些篇章。你们看，从文字出发，最后还是落脚在文字上。但这之间有长长的一段路要走。所以第三个品质，也就是说为了走完这条征途，必须懂得尊重、理解和发现。这是在我看来，最最重要的。

杜青钢：在结束之前，我们还期望勒克莱齐奥先生能说一些话来鼓励我们的学生。

勒克莱齐奥：啊，应该的，不过刚刚这位小姐，或是夫人，她所说的让我感触颇深，因为多亏了许先生，我才发现翻译从某种程度上来说也是一门艺术。许先生培养的学生中，我现在也认识几个，他们都在南京大学，有时候要翻译我的演讲或者会议发言。在理解句子方面，他们非常精益求精，绝不满足于“差不多”。他们对我说：“你曾经说过这个，你到底是这个意思呢还是那个意思呢？”于是我就考虑考虑，然后告诉他们我是想表达这个意思，还要告诉他们理解该句的种种细节。有时候我看自己用法语写的句子表达得不是那么清楚，那我就会加以修正以求表达更确切。因为如果译者提出了问题，那是由于表意不清，所以应该阐明意思。我觉得这是个互帮互助的工作，作者应该同译者一起重读纠错，因为小说中总是有很多错误。有一天，南京大学一个学生找我，对我说：“先生，你写过一部小说《乌拉尼亚》，你讲到某一天在什么时候老人星出现在视野里。这不可能，因为老人星在那天没有出现，你得改改日期。”我对他说：“你说得有道理。下一版里我会把日期修正的。”他是个天文学爱好者，所以他知道。有时候，学生的这种阅读对于作者而言也非常重要，你能因此改正错误。那么，这就是我给你们的鼓励，继续！继续学习，继续传播，也要继续批判，有些批判是必须的。我认为，批判，也是极为重要的。谢谢！

（范舒扬　杨珮艺　整理与翻译）

图书在版编目（CIP）数据

文学，是诗意的历险：许钧与勒克莱齐奥对话录 / 许钧，（法）勒克莱齐奥著．—南京：译林出版社，2018.11

ISBN 978-7-5447-7524-3

I.①文… II.①许… ②勒… III.①文学创作－文集 IV.①I04

中国版本图书馆 CIP 数据核字（2018）第 216602 号

文学，是诗意的历险：许钧与勒克莱齐奥对话录

许钧　勒克莱齐奥 等 / 著　许钧 / 编

许钧　张璐　施雪莹　范舒扬　杨珮艺 / 译

责任编辑　王理行
装帧设计　胡　苨
校　　对　孙玉兰
责任印制　颜　亮

出版发行　译林出版社
地　　址　南京市湖南路 1 号 A 楼
邮　　箱　yilin@yilin.com
网　　址　www.yilin.com
市场热线　025-86633278
排　　版　南京展望文化发展有限公司
印　　刷　恒美印务（广州）有限公司
开　　本　787 毫米 ×1092 毫米　1/32
印　　张　7.375
插　　页　4
版　　次　2018 年 11 月第 1 版　　2018 年 11 月第 1 次印刷
书　　号　ISBN 978-7-5447-7524-3
定　　价　48.00 元

ISBN 978-7-5447-7524-3

9 787544 775243 >

凤凰出版传媒网:www.ppm.cn

定价:48.00元